KB016560

사물들(랜드마크)

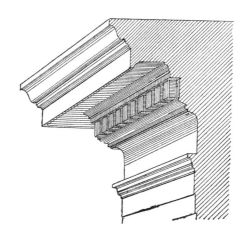

소설·에세이 앤솔러지

사물들(랜드마크)

박서련
한유주
한정현

아침달

랜드마크 앞에서
시작되는 이야기

사물은 물질세계에 있는 모든 구체적이며 개별적인 존재를 통틀어 이르는 말이다. 사물인 사람은 여러 다른 사물들과 더불어 살아간다.

세상을 구성하고 있는 수많은 사물 중 어떤 개인이나 집단이 공통으로 의미 있게 감각하는 사물이 있다면 이는 아마도 그 사물에 얽힌 기억 때문일 것이다. 이 기억은 특정 시대에 발생한 역사적 사건과 관련된 경험일 수도 있고, 보편적인 생활에 가까운 경험일 수도, 또는 지극히 개인적이라 특별하거나 사소한 경험일 수도 있다.

다시 말해 우리가 어떤 사물을 특별한 것으로 감각하는 일이, 그 사물에 우리의 기억이 깃들어 있기 때문이라면, 우리는 그 사물에 얽힌 기억을 꺼내어볼 수도 있을 것이다.

『사물들』은 우리에게 익숙하거나 주목할 만한 사물에 얽힌 이야기를 엮은 앤솔러지다. 세 명의 작가가 그들에게 공통으로 주어진 주제 사물과 관련된 소설과 에세이를 한 편씩 선보인다. 세 작가가 같은 주제 사물을 두고 펼치는 저마다 다른 이야기들이 우리가 그 사물에 대해 가지고 있는 생각과 기억을 건드리기를 바란다. 이를 통해 우리는 주변의 사물과 세계를 한번쯤 다른 눈으로 볼 수 있게 될 것이다.

『사물들』이 처음으로 제시하는 사물은 랜드마크 landmark다. 랜드마크는 어떤 지역을 대표하는 지형이나 시설물, 혹은 역사에서 일어난 중요한 사건이나 발견, 발명품 등을 이르는 말이다. 탐험가나 여행자 등이 특정 지역을 돌아다닐 때 원래 있던 장소로 돌아올 수 있도록 표식을 해둔 것을 가리키는 말로 처음 쓰였다. 사물로서의 랜드마크는 어떤 건물이나 조형물이 될 수도 있고, 작은 책 한 권이 될 수도 있다. 사람들은 랜드마크를 통해 그 공간을, 그것이 포함된 다른 사물을 그 이전과 완전히 다른 새로운 것으로 인지한다.

　상트 이즈 블러바드 모터 인이라는 모델을 통해 붕괴되는 가상을 사유하는 박서련의 이야기, 브루클린 브리지에서 로마까지, 여러 공간과 사물과 언어 사이를 주유하는 한유주의 화자, 그리고 무너지고 사라짐으로써 상징적인 집단적 상흔으로 남은 "그 백화점"에 관한 한정현의 기억을 함께 살펴보기를 청한다. 그들이 바라본 랜드마크를 통해 우리는 이전과 달라진 기억의 공간을 공유하게 될 것이다.

2022년 3월
아침달 편집부

목차

박서련

한유주

한정현

박서련

BLVD ^{소설}

BLVD Exp. ^{에세이}

BLVD

체크인 플리즈. —라는 농담.

카펫은 싸구려에 오래된 것으로 보인다. 덕분에 피와 흙과 눈으로 범벅이 된 신발로 디뎌도 아무 죄책감이 들지 않는다. 하지만 보기에 얼마나 낡고 저렴한 것이든 카펫과 그 위에 내가 흩뿌려놓은 눈의 텍스처를 구현하는 데에는 막대한 자본이 투입되었을 것이다.

카운터에는 직원 대신 방금 따서 넘어뜨린 듯한 미니어처 술병과 금색 술 웅덩이뿐.

여기서는 큰 소리를 낼 일이 없었으면 좋겠다.

나는 어깨를 털며 로비 한가운데로 걸어간다. 용기가 필요한 행동이다. 어디에 어떤 세력이 잠복해 있을지 모르니까. 하지만 어쩐지 경계심이 작동하지 않는다. 마치 누군가 억제하고 있는 것처럼. 그렇다면 좀 더 경계를 풀어도 좋을 것이다. 시나리오상 이 구역에서는 적이 나오지 않는 것으로 설정되어 있는 듯하다. 주차장을 돌파하느라 그렇게 애를 먹었으니 이 정도는 당연한 보상이라고 생각해도 좋겠지. 이런 구역을 나는 세이브 존Save Zone 이라고 부른다. 세이프가 아니라 세이브.

어쩐지 이곳이 낯설지 않다.

나의 의식은 이곳에 처음 와본다고, 내 기억은 방금 전 지나온 끔찍한 주차장에서 이 로비로 곧장 이어진다 주장하고 있으나 나는 이곳에서 수천 번 리스폰되었을지도 모른다. 객실 어디에선가 무수한 죽음을 맞이한 다음에.

나는 게임 속에 있다.

게임 밖에서 발생해 모종의 계기로 게임 속에 들어와버린 것이 아니라, 처음부터 게임 속 캐릭터로 기획된 인물로서. 내게는 유년기가 없고, 따라서 한밤중에 식은땀 범벅이 된 채로 깨게 만들 콤플렉스가 없다. 나는 나를 낳은 부모를 모르고, 따라서 갑자기 총알과 함께 패륜적 언사를 퍼붓는 개자식들을 마주쳤을 때에 동요할 이유가 없다. 나는 처음부터 성인이었고 이 세계는 애초부터 진창이었다. 꽤 편리한 기획이 아닌가. 기원도 없고 죽음도 없다. 국적을 모르고 내력을 모른다. 미션이 있고 인벤토리가 있다. 그리고 인벤토리에는 언제나 불가사의하게도 탄창이 바닥나지 않는 총 한 자루가.

한편 내게는 딸이 있다 ……고 짐작된다. 천진한 얼굴로 꿈에 나와서 마마? 다다? 하고 웃음 짓다 일그러지는 어린아이가 나의 딸. 최소한 혈육, 어쩌면 이웃집 아이일지도 모르지. 어디까지나 추정이다. 외양으로 미루어 세 살은 되었을 것으로 추정되는 아이가 할 줄 아는 말이 엄마 아빠밖에 없다는 것은 그 애의 발달이 현저히 느리다는 사실, 혹은 이 게임의 개발자에게 아동에 대한 이해도나 감수성이 전혀 없다는 사실을 의미한다.

나는 내가 꾸는 꿈의 내용이 영어 오디오와 한국

어 자막을 입고 비네팅 효과가 적용된 상태로 모니터에 송출되리라는 사실을 의식하며 잔다. 그렇다고 꿈의 내용을 통제하겠다는 헛된 욕망을 품고 있는 것은 아니다. 오히려 앞으로 내가 꿔야 할 모든 꿈의 내용이 이미 다 정해져 있지 않은가를 의심하는 편이다. 시시때때로 주어지는 미션들이 그러하듯이.

이번 미션은 상트 이즈 블러바드 모터 인Saint Iss Blvd. Moter INN에서 그래니 온 그래니Granny on Granny라는 물건을 구해오는 것이다.

미션은 단순할수록 위험하다. 내가 기억하는 한, 최초에 받았던 미션들은 좀 더 길고 친절했다. 구해야 하는 물건이나 만나야 하는 사람을 지금 머무르는 지역에서 어느 쪽으로 얼마나 가야 찾을 수 있는지, 거기까지 가는 데에 사용할 수 있는 교통수단은 무엇이 있는지, 왜 거기에 그런 물건 또는 사람이 있는지, 그/것이 내게 어떤 쓸모가 있는지 등에 대한 정보를 어느 정도는 알 수 있었다. 최근 거쳐온 미션들은 전부 부가 설명이 없는 지령으로 통지되었다.

이런 식이다: 눈앞에 거대한 군청색 액자가 나타난다. 허공에서 창백한 오른손 하나가 나타나 미

션 보드 안에 글씨를 쓴다. 시청 앞에서 찌그러진 분홍색 양동이를 찾으라. 글씨는 금색 실로 수놓은 듯이 빛나다가 이윽고 사라진다. 이 도시에 시청 같은 것이 있단 말인가? 물론 기능을 제대로 하고 있을 리는 없겠지. 이 게임 안의 모든 배경이 그렇듯 공들여 만든 폐허에 불과할 것이다. 그런데 시청 앞이란 시청 건물 근방 몇백 미터까지를 말하는가? 그런 것은 알 수 없다. 스쿠터를 타고 아이오닉 기둥으로 장식된 건물을 몇 바퀴나 빙빙 돈 뒤에야 그것이 시청이 아니라 시의회 건물인 것을 알았다. 어렵사리 찾아낸 시청 앞에는 시체가 한 구도 없는 넓고 깨끗한 광장이 있었고 광장과 시청 계단이 바로 맞닿는 자리에 누가 봐도 저것이 그것이구나 알아차릴 수 있을 만한, 찌그러진 분홍색 양동이가 있었다. 불 쉿. 양동이 속에서 나온 절단된 손은 장갑을 낀 왼손. 장갑을 벗기자 약지에 낀 반지가 드러났고 다시 미션이 주어졌다. 전당포에서 나머지 한쪽을 구하라. 그렇게 구한 한 쌍의 결혼반지가 영문도 모르고 내 주머니 속에 있다.

세이브 존도 없이 진행되는 그런 미션에 비하면 이번 미션은 그래도 친절한 셈이다. 미션 수행 구역

안에 세이브 존이 포함되어 있다면 내가 여기에 올 운명이었다는 것이 증명되니까. 이 짓거리를 내가 아무이유 없이 한 건 아니라는 걸 보장하는 거니까.

이게 궤도 안에 있는 사건이라면, 어디엔가 있을이 시나리오의 끝을 향해 내가 제대로 가고 있다는 의미니까.

상트 이즈⋯⋯ 기니까 그냥 모텔이라고 부르자. 이모텔은 같은 이름의 대로를 끼고 있다. 길 건너는 편의점 딸린 주유소. 폭설이 아니었다면 대로를 둘러싼아름드리 나무들이 볼만했을 것이다. 시내에서 여기까지는 제설 범퍼가 달린 몬스터 트레일러를 타고 왔기 때문에 아래에 눈 말고 뭐가 있었든 별 상관이 없는데, 눈 속에 파묻히다시피 한 주차장에서 불쑥불쑥 튀어나오는 귀환자Returner들은 내가 알아서 해야해서 상당히 성가셨다. 왼손에 마체테를 쥐고 놓치지않도록 붕대로 둘둘 감은 다음 오른손으로는 총을 들었다. 차에서 내리면서부터 염불 외듯 욕을 했다. 이게임의 개발자들은 아동의 성장 발달에만 무지한 것이 아니라 인체 자체에 아무 지식도 없는 게 틀림없다. 저체온증이나 동상에 대해 검색이라도 한번 해봤다면 귀환자들이 이 날씨에 이렇게 활기차게 인간을 공격할 수 있게 설정했을 리가. 아무리 좀비라도 하드웨어는 인체가 아닌가. 심지어 근육과 신경계가 이미 한번 완전 정지에 이르렀고, 언제 정지했느냐에 따라 다양한 정도로 부패가 진행된. 한번 죽었고 꽁꽁 얼었던 주제에 내가 쏜 총에, 내가 휘두른 칼에 굳이 새롭게 죽은 것처럼 뿜어대는 선혈이 노골적이어서 진력이 났다. 누군가 보고 있다는 생각을 하지 않았다면 카운터에서 흘러내리는 술을 핥아 마셨을 것이다.

자, 아직 있다면 당장 나타나.

중얼거리면서 카운터 뒤를 향해 총을 겨누고 천천히 다가갔지만 카운터 뒤에는 아무도 없다. 그래니온 그래니가 있는지 뒤져보았지만 빈 영수증 양식과 숙박객 명부, 모텔 이름이 새겨진 볼펜과 성냥 같은 것만 잔뜩. 이런 식으로 나오시겠다? 나는 들을 사람도 없는 으름장을 놓는다. 뭔지도 모를 그래니 온 그래니는 무조건 내가 마지막으로 수색하는 방에서 나올 것이다. 그래니 온 그래니를 발견하는 방이 마지막 방이 될 거라는, 그러니까 비가 올 때까지 끝없이 기우제를 지내기 때문에 무조건 성공한다는 아메리카 원주민 기우제의 역설 같은 얘기가 아니다. 이 모텔에 방이 백 개 있다면 백 번째로 들어간 방에서, 천 개 있다면 천 번째로 들어간 방에서 그레니 온 그레니가 나올 거라는 이야기다. 따라서 몇 번 방을 제일 먼저, 또 몇 번 방을 마지막으로 수색하는가는 큰 의미가 없다. 나는 서랍에서 찾아낸 마스터키를 카운터에 올려두고 왼손의 붕대를 푼다. 어차피 오래 걸릴 일이라면 느긋하게, 여유롭게 해도 좋겠지. 그렇지만 마체테는 두고 갈 수 없다. 이것이 복선이 되어 누군가 내 마체테로 나를 찌르는 일이 일어나선 안 되니까.

룸 넘버 101.

　　로비에서 직진하면 이층으로 올라가는 계단, 우측으로는 119~136번 객실이, 좌측 복도에는 101~118번 객실이 있다는 팻말이 있어 순차적으로 수색을 시작한 참이다. 모텔 방의 구조며 기능이란 것이 어차피 거기서 거기지만 신중을 기할 겸 천천히 살펴보기로 한다. 총구로 노크 세 번. 인기척은 없다.

조심스럽게 마스터키로 문을 열고 역시 총구로 문을 민다. 문과 직각으로 만나는 또 다른 문은 작은 욕실로 이어진다. 세면대와 변기와 샤워 부스. 그래니 온 그래니가 어떤 물건인지 모르기 때문에 구석구석 잘 살펴야 한다. 오랫동안 방치되었음을 증명하듯 변기 상부 물통 뚜껑 안쪽에는 곰팡이가 피어 있다.

방의 구성은 단순하다. 한쪽 벽면을 꽉 채운 일체형 고정 가구. 책상 겸 화장대 겸 TV장 겸 옷장. 맞은편에는 더블 사이즈 베드. 덧창까지 꼭 닫힌 방 안은 어둡다. 혹시나 하고 들춰본 매트리스 아래에서는 먼지가 피어오를 뿐이다. 특이사항 없음.

세면도구가 미니어처 어메너티로 제공된다면 챙길 법도 하겠지만 벽에 고정된 용기에 리필되는 방식이어서 유감이다. 대신에 미니바에 놓여 있는 미니어처 리큐르를 있는 대로 쓸어담는다. 복도 끝까지 돌고 나면 인벤토리가 꽉 차겠어. 차라리 방 하나를 수색할 때마다 그 방에 있는 술을 다 마시고 나와버릴까. 아니지, 그러다 경계가 흐트러져버리면 아무 소득 없이 세이브 존으로 돌아가게 될 것이다. 중간까지 운 좋게 수색을 마쳤다가 기습을 당하게 되면 처음부터 이 모든 수고를 반복해야 한다. 어차피 나는 시간이 얼마나 허비되었는지 알아차리지 못할 테지만.

아무튼 좋다. 102번부터 105번 객실까지 구조 동일. 특이사항 전무.

106번 객실에서 귀환자 출현. 총구를 입에 박아 머리통을 날려버린다. 그러면 그렇지, 방심할 수가 없게 만들어놨군.

107번 객실에는 누가 머물렀던 흔적이 있다. 펼쳐져 있는 수트케이스, 머리카락이 끼어 있는 빗. 혹시나 싶어 106번 객실에 드러누워 있는 귀환자의 머리카락과 대조해보니 색깔이며 길이가 대략 유사하다. 107번 객실의 투숙객은 왜 106번에서 귀환자로 나타났을까? 내게는 합리적인 의문이지만 개발자는 아마도 큰 의미를 두지 않고 이스터 에그라 생각하며 수트케이스 오브제를 두었을 것이다. 신분증에 박혀 있는 이름도 개발자들 중 한 명의 이름일지도. 그렇지만 그 신분증이 그래니 온 그래니일 가능성을 감안해 인벤토리에 넣는다.

118번 객실까지 클리어. 로비 기준 우측 복도를

수색할 차례다.

로비를 지날 때 신경 거슬리는 기계음이 크게 울린다. 경계 자세로 벽에 붙는다. 삐—익. 삐—이—익. 중앙 방송을 켠 듯한 소리인데 카운터는 여전히 비어 있다. 이윽고 오래된 흑인 영가를 재즈 스타일로 편곡한 노래가 흘러나온다. 끔찍하게 지직거리는 잡음을 껴안고. 어째서인지 나는 이 노래의 제목을 안다. 안다고 설정되어 있는 모양이다. 여호수아가 여리고성을 무너뜨리다Joshua fit the battle of Jericho. 이 모텔을 폭파하라는, 또는 이곳이 곧 폭파될 거라는 암시인가?

127번 객실에서 앤티크 오르골을 발견한다. 복도에서 흘러나온 영가와 같은 멜로디를 품고 있는 물건이다. 이게…… 그래니 온 그래니인가? 나는 그것을 몇 번인가 반복해서 틀지만 음악이 연주되는 것 말고는 아무 일도 일어나지 않는다. 오르골이 그래니 온 그래니라면 곧 새로운 미션 창이 뜰 것이다. 인벤토리에 넣고 일단 움직여보기로 한다.

136번 객실까지 클리어. 이쪽 복도에는 그 흔한 귀환자조차 없다. 총과 칼을 들고 천천히 걸었을 뿐인데 땀이 비 오듯 흐른다. 난방이 제대로 되는 건물도 아닌데.

2층으로 이동.

계단을 오르다가 인벤토리에 술 넣을 자리를 더 확보하려고 신분증과 오르골을 버린다. 신분증은 그 렇다 치고 오르골은 조금 아깝지만, 아직까지 후속 미 션이 뜨지 않는 것을 보면 둘 다 쓰레기에 지나지 않 는다. 아마도 어딘가의 어린애한테 오르골을 주고 달 래면 보상으로 뭘 받을 수 있다든가, 그런 쓸데없는 서브미션과 연결된 아이템이겠지. 신분증도 마찬가 지다. 누군가의 이름으로 작은 복수를 대신해주거나 유족에게 그의 마지막을 전해주는 등의 히든 미션이 열리는 아이템. 히든이고 나발이고 관심 없다. 이동.

2층 로비는 60년대 미국 가정 응접실 분위기로 꾸며 져 있다. 소파에 깊이 앉아 커피 테이블 위에 부츠 신 은 발을 올려두고 드라이빙 스루로 사온 햄버거 세트 를 처먹으며 사방에 케첩을 묻혀 모욕해버리고 싶은.

총구로 노크하고 201번 객실 문에 마스터키를 꽂는다. 돌아가지 않는다. 고장 난 문인가? 그렇다면 이곳에야말로 그래니 온 그래니가 있을 확률이 높다.

문고리 바깥쪽을 조준해 총을 쏜다. 가까운 총성에 귀가 먹먹해 잘못 들은 것일까? 안에서 분명 비명소리가 났다. 누군가 있는 것이다.

나는 총 손잡이로 문을 탕탕 친 다음 말한다. 문 앞에 서 있다면 한 번 더 쏠 테니까 비키든지 문을 열라고. 문고리 돌아가는 소리가 들리지만 방금 쏜 총때문에 고장 난 것인지 원래 설정이 그런지 열리지 않는다. 비켜. 셋에 쏜다. 하나, 둘, 셋. 두어 발 더 쏘자 문고리가 너덜거린다. 몇 번 흔들자 덜그덕거리며 문이 열린다. 비명을 지르는 귀환자를 본 사례는 단 한번도 없지만 안쪽에서 인기척을 낸 이가 귀환자일 경우, 인간이라도 혼자가 아닐 경우를 대비해 총과 칼을 단단히 쥐고 들어간다.

학자 타입으로 생긴 여자가 눈을 질끈 감고 양손을 번쩍 치켜든 채 침대 끄트머리에 걸터앉아 있다.

"민간인입니다. 아무것도 보지 못했습니다. 쏘지 마세요."

나는 치켜들고 있던 총구를 아래로 낮추며 공격 의사가 없음을 설명한다. 여자는 아주 천천히 눈을 뜨고 팔을 떨어뜨린다. 이 여자가 그래니 온 그래니일까? 여자가 경계를 조금 늦출 동안의 침묵 위로 미션 보드가 떠오르기를 기대하면서 나는 생각하지만, 아무 일도 일어나지 않는다.

"소냐 리브첸코…… 라고 합니다. 당신은?"

나는 그 여자가 하는 말이 내게 얼마나 낯설게 들리는지를 생각하느라 바로 대답하지 못한다. 이름을 알려준다는 건 주요 인물이라는 의미가 아닌가? 지금까지 수십 개의 미션을 돌파해왔지만 이름이 있는 인물을 만나는 것은 이번이 처음이다. 누군가 타고 있는 차를 귀환자들로부터 보호하거나 먼 도시에서 온 편지를 셸터로 전달하는 등 인간과 관련된 미션을 수행한 적도 있으나 직접 이야기를 나누고 소개를 주고받을 기회는 없었다.

"당신은……?"

나는 기억 속에 있으나 만난 지 오래되어 생사가 불분명한 인물들이 나를 키드^Kid 또는 총잡이^Gunner 라고 불러왔음을 떠올린다. 지금에야 깨달은 것이다. 내가 나의 이름을 모른다는 사실을. 모르고도 어색함 없이 잘 지내왔다. 오랫동안 나는 내 세계의 거의 유일한 인간이었기 때문에 그것으로, 즉 인간으로 충분

했다. 귀환자들이 희박하게 남아 있는 지성과 발성기관을 활용해 나를 부를 수 있다면 적대자라 불렸을 것이다.

나는 소냐에게 나를 케이라고 부르도록 주문한다.

"군인인가요?"

미심쩍은 얼굴로 묻는 소냐에게 고개를 가로저어 보인다. 내게는 무기가, 손에서 놓쳐도 곧 돌아오는 총과 여기 오기 얼마 전에 막 주운 마체테가 있고, 미션이, 그러니까 명령 체계가 있는 셈이지만, 상관도 없고 소속 부대도 없다. 나 자신을 군인이라 생각한 적도 없다.

여기는 안전 구역이 아닌데 당신은 왜 여기에 있느냐고 묻자 소냐는 침착하게 답한다.

"저는 생물학자입니다. 일주일쯤 전, 이 도시로 들어오던 도중 귀환자들의 추격을 피해 이 건물로 숨었어요. 어째서인지 이 건물 가까이에는 귀환자들이 접근하지 않더군요. 이후에 기상이 급변하더니 폭설이 내렸어요."

나는 상트 이즈 대로 끝에 터널이 있고 그 터널을 벗어나면 도시를 떠날 수 있다는 사실을 상기한다. 시도해본바 나로서는, 대로 끝 어딘가에 터널이 있다는 것을 알지만 몇 시간을 달려도 터널에 닿을 수 없었다.

그렇군, 이 여자는 터널을 넘어온 인물이라는 설정이군.

이 게임 후반부의 주요 인물로 보인다. 생물학자라면 귀환자들의 신체변이에 대한 정보를 갖고 있거나 귀환자들에게 공격당해도 변이를 일으키지 않도록 방지하는 백신 등을 지니고 있을지도 모른다.

"제설 범퍼 트럭이 와서 살았구나 생각했는데…… 당신이 귀환자들과 싸우는 걸 봤어요."

왜 문을 잠그고 있었냐고 묻자 소녀는 입을 다문다. 마스터키로 문이 열리지 않은 것은 잠금장치를 손으로 잡고 있었다는 의미다. 총칼로 협박해서 입을 열게 할 수도 있다. 하지만 그렇게 하지 않는 이유는 내가 인간성을 아직 잃지 않아서가 아니라 게임 시나리오 전개 도중 천천히 풀릴 실마리겠거니 짐작하기 때문이다. 하물며 이미 내가 싸우는 걸 봤다는 사람인데, 그럼에도 말하지 않기를 선택했다면 협박한들 의미가 없을 것이다. 이유야 뻔하지. 내가 위험한 인물이라 판단한 거겠지.

따라오라고 나는 말한다.

"어째서죠?"

소녀는 겁을 내며 대답한다. 나로서도 내키지 않는 선택이다. 수색은 나 혼자서도 충분히 할 수 있으니까. 그럼에도 동행을 청한 까닭은 간단하다. 이 게임에서는 나와 함께 있는 것이 가장 안전하기 때문이다. 나는 소녀에게 다른 객실 미니바에서 챙겨온 초콜릿과 땅콩을 조금 나눠준다. 일주일 전에 이미 자기 방 미니바에 있는 간식거리를 끝장내고 꼼짝없이 굶고 있었을 소녀는 그것들을 순식간에 먹어 없앤다.

"케이 씨는 왜 이런 곳에 온 거죠?"

나는 그래니 온 그래니를 찾으러 왔다고 답한다. 202번과 203번 객실에는 없는 물건.

"그게 뭔데요?"

대답하기 전에 연 204호 문에서 귀환자들이 쏟아져 나온다. 혼비백산하며 뒤로 나자빠진 소녀를 막아서고 총칼로 귀환자들을 처치한다. 나를 플레이하는 사람의 실력인지 내가 지금까지 미션을 수행하며 쌓아온 능력인지, 이제 귀환자 네댓 구 정도 처리하는 것은 일도 아니다.

돌아보자 소녀는 울고 있다.

"너무 무서워요."

이런 나라도 때로 웃고 자주 화를 내기 때문에 인간적인 감정에 대해 모른다 할 수 없다. 그렇지만 울어본 기억은, 눈앞에서 우는 인간을 본 적은 더더욱 없었다. 어떻게 해야 울음을 멈추게 할 수 있을까. 당황을 감추기 어렵지만, 튜토리얼도 안 해본 일에 진을 빼지 않는 편이 효율적일 듯하다. 대신에 문을 열기 전에 소녀가 물어본 것에 대한 이야기를 꺼낸다.

그래니 온 그래니가 뭐냐고 물었던가?

"뭔데요?"

나도 몰라.

"모르는 물건을 왜 구하러 왔죠?"

그거야말로 몰라.

"왜 다 모르죠?"

쓸데없는 걸 묻지 말고 같이 찾기나 해. 나는 소녀에게 핀잔을 주며 205번 객실 문을 두드린다. 그새 습관이 붙은 건지 총구로 노크하는 게 자연스럽게 느껴진다. 나는 문을 두드리다 말고 다시 소냐를 본다. 소냐는 어느새 울음을 그쳤다. 그렇군. 울음을 멈추게 할 때는 주의를 돌리는 것이 효과가 좋군. 그런 생각을 하고 보니 이 감각이 익숙하다는 느낌도 든다. 꿈에 나오는 어린아이를 이런 식으로 달랬던 적도 있는 것일까?

"같은 복도에 귀환자들이 있을 줄은 꿈에도 몰랐네요."

소냐가 내 지시대로 변기 상부 뚜껑을 들어올리며 말한다. 비위가 약한지 말하자마자 우욱 하고 큰 소리로 헛구역질을 한다. 생물학자라더니?

"보는 건 괜찮은데 냄새에 약해요."

어이가 없군. 역할을 바꾸는 게 좋겠어.

206번 객실부터는 소냐에게 방을 살펴보도록 하고 나는 화장실을 둘러본다. 귀환자 또는 적대적인 미확인 인물이 숨을 구석은 방에 더 많으므로 권총을 소냐에게 들려준다. 소냐는 내가 내민 총과 나를 여러 번 번갈아 쳐다본다.

"처음 만난 사람에게 이런 걸 맡겨도 되나요?"

나는 이걸로는 죽지 않으니까 괜찮아.

소냐는 내게 총을 겨누었다가 내가 미동도 하지 않는 것을 보고 다시 내린다.

"정말인지 그냥 겁이 없는 건지 알 수가 있어야지."

그런 말을 하는 것을 보니 그사이 내가 좀 편해진 모양이다.

방 하나를 수색하는 데에 10분이라고 치면 복도 한쪽을 수색하는 데에 세 시간이 드는 셈이 된다. 우리는 218번 객실에서 휴식을 취하기로 했다.

미니바에서 챙긴 초콜릿과 땅콩, 인벤토리에서 꺼낸 육포를 건네자 소냐의 얼굴이 밝아진다. 이 게임에서는 체력이나 스태미나를 육안으로 확인할 수 없지만 입에 넣기도 전에 반쯤은 기운을 차린 것처럼 보인다.

"케이 씨는 어쩌다 귀환자를 소탕하게 된 거예요?"

소탕이라니 황송한걸. 그저 미션을 수행하는 과정에서 방해가 되는 정도만 처리하고 있을 뿐이야.

"미션이라고요?"

그런 게 있어.

소냐는 더 묻지 않는다. 내가 질문할 차례인가.

이 도시에는 무슨 일로 온 거지?

"딸을 찾으러 왔어요."

딸이라.

"원래 저와 살고 있었는데 방학이라고 제 아빠 집에 보냈었다가 그대로 떨어진 거죠. 이런 사태가 일어날 줄 알았더라면 보내지 않았을 거예요. 이렇게 장기화될 줄 알았다면 진작 찾아 나섰을 거고요. 무사할지 모르겠네요."

그러면 직업과는 아무 상관없는 개인적인 이유에서 왔단 말인가. 이 게임을 끝낼 결정타를 날릴 인물이라 생각했던 것은 단순한 착각일까. 나는 공연한 기대를 품었던 게 부끄럽기도 하고 왜인지 조금 분하기도 해서 소냐를 뚫어져라 본다. 소냐는 내가 간식을 도로 빼앗아갈까 봐 불안한지 땅콩을 한 움큼 쥐고 입에 털어 넣는다.

나는 이런 옹졸한 생각들 말고 다른 이야기를 한다. 이를테면 내게도 딸이 있을지 모른다는.

"있을지도 모른다니요?"

꿈에 자주 나오는 어린애가 있어. 내 쪽을 바라보면서 엄마, 아빠, 그런 말을 하지만 나를 부르는 것인지는 알 수 없어. 나를 별로 닮지도 않았어. 나는 그 애의 이름을 몰라. 꿈에 나오는 모습보다 자랐는지 그러지 못했는지도 모르지.

"저는 운명일지도 모른다고 생각해요. 케이 씨와 여기서 만난 것이."

게임 시나리오가 정해져 있는 것을 운명이라고 말할 수도 있겠지.

"저는 여기까지 온 게 기적이나 마찬가지거든요. 생존 능력이라고는 요만큼도 없어요."

관점에는 조금 차이가 있지만 운명 어쩌고 하는 것이 전혀 설득력 없는 말은 아니다. 소녀를 도와 딸과 만나게 해주는 게 다음 미션일지도 모르니까. 그 딸이 귀환자가 되었을지 무사히 셸터에 들어갔을지는 모르겠으나. 어느 쪽이든 소녀가 내게 기대를 너무 거는 것은 조금 부담스럽다.

이게 왜 운명이라고 생각하지?

"블러바드Blvd.라는 말을 좋아해요."

'대로'라는 말이 좋다고? 왜?

"비 러브드 Be loved 처럼 들리니까요."

독특한 관점이군.

"여기가 이 도시에서 제일 바깥쪽에 있는 숙소라네요."

그런 얘기는 어디서 들었어?

"협탁 서랍에 들어 있었어요. 상트 이즈 블러바드 인 연감."

아마 나는 웃은 것 같다. 소녀는 손을 비벼 땅콩 껍질을 털어내고 내 손등 위에 얹는다.

"우리 서로의 딸을 위해 기도할까요."

기도라니, 그런 것은…… 신이 있는 세계에서나 통하는 거잖아?

내가 말리기도 전에 소녀는 성호를 긋고 기도문을 읊는다. 소녀의 모국어일까. 내가 알아들을 수 없는 외국어 기도를 듣자 기분이 가라앉으면서 엉뚱한 생각이 들기 시작한다.

미션 가운데에는 사이비 종교의 성지에 불을 지르는 것도 있었다. 그 사원에 있던 것이 진짜 신인가에 대한 생각은 그때도 지금도 변하지 않았다. 이것은 인간이 만든 게임이다. 인간이 신을 만들 수는 없는 노릇이다. 만들어낼 기술도, 바깥 어딘가에 있을 진짜 신을 포획해서 가둘 능력도 없을 것이다. 신이 자기의 형상을 따 인간을 만들었다는 이야기처럼 개발자들이 자기들의 형태와 기능을 모방해 이 게임의 등장인물들을 만들었다면, 신을 포획하기는커녕 신을 발견할 능력조차 그들에게는 없을 것이다. 게임 속의 우리가 그러하듯이.

사원에 있던 사람들은 귀환자들을 본뜬 것인지 다른 의미가 있어선지 온몸에 흰 칠을 하고, 또 어떤 이유에서인지는 모르겠지만 뿔이 달린 망치를 들고 사원을 지켰다. 내게 덤벼드는 사람들에게 나는 아무 거리낌 없이 칼을 휘두르고 총을 쐈다. 그런 나를 위해서라도 거기에 진짜 신이 있어서는 안 된다는 생각을 나는 종종 해왔다.

소냐는 지금 무엇을 향해 기도하고 있는 걸까? 개발자를 향해? 플레이어를 향해? 저기 바깥 어딘가에 있을 진짜 신을 향해?

"구역을 나눠서 뒤져보는 건 어떨까요? 그 편이 빠르고 쉽지 않을까요?"

또 귀환자들이 나오면 그 자리에서 죽는 거야, 당신은.

소냐는 얌전히 내가 건네는 총을 받아들고 내 뒤에 바싹 붙는다. 노크. 마스터키. 문이 열리면 나는 화장실로, 소냐는 객실로. 어차피 우리가 열어보는 마지막 방에서야 마침내 그래니 온 그래니가 무엇인지 알게 될 거라는 심증이 굳어져가는 참이어서 나는 수색에 크게 노력을 기울이지 않는다.

"저…… 찾은 것 같아요."

나는 소냐의 말에 놀라 들고 있던 변기 상부 뚜껑을 놓친다. 두꺼운 도기 뚜껑은 바닥에 떨어져 타일을 박살내고 저도 두 동강이 나버린다. 후다닥 화장실을 나가자 돌아서서 가늘게 어깨를 떨고 있는 소냐가 보인다.

그게 뭔데? 보면 아는 물건이야?

소냐가 입을 가린 채 돌아서서 그래니 온 그래니를 내민다. 얇은 잡지. 상단에 틀림없이 'GRANNY on GRANNY'라고 적혀 있는. 표지 이미지는 입술을 하트 모양으로 칠하고 물방울무늬 비키니를 입은 두 노파가 서로 껴안고 있는 사진이다. 늘어진 가슴을 감싼 상의와 배꼽을 덮을 만큼 거대한 하의가 서로 맞닿아 있다시피 한 것이, 야하지는 않지만 이루 말할 수 없을 만큼 외설적이다. 잡지 속에 뭔가 숨은 메시지가 있는 것은 아닐까? 하지만 넘길수록 가관일 뿐, 메시지 같은 것은 없는 듯하다.

이따위 농담 따먹기나 하자고 미션을 보낸 거야? 내가 여기 오느라 무슨 고생을 했는지는 알아?

마침내 소냐가 큰 소리로 웃음을 터뜨린다. 사정을 모르는 사람에게는 우습게 보일 만하다는 것을 알기에 탓할 수 없다.

"이런 게 여기 있다는 건 어떻게 안 거예요?"

나는 내가 받은 미션에 대해 설명한다. 상트 이즈 블러버드 인에서 그래니 온 그래니를 구하라.

"아까부터 궁금했는데 그 미션이란 건 뭔데요?"

소냐가 이해할 수 있을지 모르겠다. 우리가 게임 안에서 만났고 개발자들의 의도에 놀아나고 있다는 것을. 하지만 소냐에게 이 사건의 의의를 설명하는 것이 오히려 시나리오대로의 일인지도 모른다. 내가 느낀 분노를 잘 설명하려면 그것을 말하지 않을 수 없기도 하다.

나의 설명을 듣는 소녀의 얼굴에서 웃음기가 차츰 지워져간다. 소녀는 꽤 오래 침묵을 지키다 물어 온다.

"지금도 보여요? 파란색 액자가?"

나는 고개를 젓는다. 파란색이 아니라 군청색이 라고도 덧붙인다. 소녀는 다시 웃는다. 아까까지의 폭소, 내키는 대로의 웃음과는 다르게 입꼬리를 억지로 끌어당기듯 웃는다.

"농담이죠? 이렇게 생생하게 괴로운데 내 괴로 움도, 이…… 이 미친 세상도, 이게 다 만들어진 거라 고요?"

그래.

"그런 말도 안 되는 소리가 어디 있어요…… 케이 씨 혹시 머리 다친 적 있어요?"

나도 늘 그게 궁금했다. 이게 게임이고 내가 주인공에 불과하다면 당연히 나와 이 세계 모두가 상품이고 무한히 복제되어 팔리고 있을 텐데, 나와 픽셀 하나하나가 똑같이 배치된 누군가가 이와 한 치의 오차도 없이 동일한 세계를 헤매고 있다면, 그들도 나와 같은 불안과 고통을 느낄까? 이 불안과 고통은 개발된 걸까?

하지만 소냐. 내게도 증거는 있잖아.

이런 웃기지도 않는 외설 잡지를 찾으려고 지금까지 존재하는 줄도 몰랐던 이 건물에 왔잖아. 나는 당신이 여기 있는 것도, 내가 찾아야 하는 물건이 잡지인 줄도 몰랐지만 그게 어디에 있는지는 알았어. 당신도 이해하겠지, 이 부분은 미션 시스템으로밖에 설명할 수 없다는 거.

별안간 소냐는 비명을 지른다.

"그럴 리가 없어. 내가 여기 오느라 무슨 짓들을 저질렀는지 알기나 해? 내 딸…… 내 딸 얼굴 한 번 보겠다고 내가 어떻게 여기까지 왔는지 당신이 아냐고. 그게 가짜라고? 내 딸이 가짜야? 내가 가짜야?"

소냐는 내가 건네주었던 총을 허겁지겁 들어 나를 또다시 겨눈다. 총구가 미친 듯이 흔들린다. 진정해, 소냐. 듣기 싫다는 듯 소냐는 악을 쓴다.

"거짓말이라고 말해. 당장."

나에게도 그건 양보하기 어려운 부분이다. 내게도 여기 오기까지의 고통이 있었다. 굳이 비교하고 싶지는 않지만 결코 소냐보다 적은 고통을 느끼지는 않았을 것이다. 망설이는 사이 소녀의 표정은 점점 더 굳는다.

미안해.

"이게 당신이 주인공인 게임이라는 게 사실이라면…… 당신은 죽지 않겠네? 그렇지?"

내가 아까 말하지 않았던가. 나는 그걸로 죽지 않는다고. 하지만 아예 죽지 않는 것은 아냐. 죽으면 마지막 세이브 존에서 초기화되는 식이지.

아무 동요도 하지 않는 듯 보일 나를 소녀는 떨리는 손으로 쭉 겨눈다. 그렇지만 실은 나도 떨고 있다. 만일 수천 번 리스폰되었을 거라는 게 내 착각이라면? 내가 미션 보드라고 생각했던 것이 환각에 불과했다면? 사실 나는 한 번도 죽은 적 없고 그저 운이 좋아 이 미친 세계를 쭉 떠돈 것이었다면.

이게 현실이라는 소녀의 믿음이 옳다면.

그런 의심은 한 번도 해본 적 없었다. 혼란에 빠진 소녀가 갑작스레 취한 이상 행동 때문에 나도 동요하고 있는 것이 분명하다. 머리로는 그것을 알지만 한번 든 의심은 잘 떨쳐지지 않는다. 소녀 때문에. 아주 잠깐이지만, 이름이 있는 인물과 동행한 것이 처음, 또는 너무 오랜만이어서.

총 내려.

"죽어서 증명해봐."

소녀는 눈을 질끈 감는다.

눈을 감고 손을 떠는 상대가 쏘는 총 같은 건 겁낼 필요 없다. 이 또한 머리로는 알고 있는 사실이지만 마음처럼 되지 않는다. 간단히 피했어도 좋았을 소녀의 공격에 나는 마체테를 휘두르고 만다.

소녀가 쓰러진다.

소녀의 피가 적시는 모텔 카펫이 실감나는 텍스처로 구현된 자본의 결정체인지 그냥 싸구려인지 알 수가 없다.

나는 무너지듯 무릎을 꿇고 소녀의 피가 다리를 적시게 내버려둔다.

어쩐지 전에도 이런 일이 있었던 것 같은 기시감이 든다.

나는 옥상으로 올라간다.

도착할 때만 해도 한낮이었던 것 같은데 어느덧 한밤중이다. 얼어붙은 밤하늘의 은하수는 현실의 것이라 생각하기에는 믿을 수 없이 선명하다.

　　나는 주머니에서 꺼낸 그래니 온 그래니를 쥐고 허공을 향해 흔든다.

이봐. 이걸 구했어.

　　……

　　찾던 물건이 이거 맞아?

　　……

　　취향 한 번 고상하군그래. 참 자랑스럽겠어.

　　……

　　이제 어디로 가야 하지? 뭘 하면 되지?

　　……

　　듣고 있어?

　　이봐.

정말로 거기에 있는 거야?

나를 보고 있다면 어떤 방식으로든 내게 응답해 줘. 플레이어.

　　나는 이제 어디로 가면 되지?

......

나는 나를 보고 있을 거대한 눈을 어떻게든 마주 보려 애쓰고 있다.

미션 보드는 아직 나타나지 않았다.

BLVD Exp.

물론 서사를 구상하는 사람에게는 여러 경험과 지식과 감각이 필요하다. 그런데 보통 한 사람 몫의 생에서 구할 수 있는 경험과 지식과 감각이 서사 하나를 구성하는 데에 모자라지 않는다. 하나뿐일까. 된장을 한번 마련하면 찌개도 해 먹을 수 있고 국도 끓일 수 있고…… 별생각 없이 든 비유인데 대충 들어맞는 것 같다. 그럭저럭 살림을 갖춰서 밥을 해 먹는 일인가구 식생활에 빗댈 수 있을 것이다.

모든 재료가 충분하지는 않을 때도 종종 있다. 지난번에 다 썼는데 보충하기를 까먹은 재료도 있을 수 있고, 괜찮을 줄 알았지만 유통기한이 간당간당해서 쓰기 망설여지는 재료도 더러 있게 마련. 냉장고에 있는 줄 알았는데 예전에 다 쓰고 없어서, 하려던 요리를 포기하고 다른 아이디어를 짜내도록 만드는 재료도 있을 것이다. 그러고 보면 필요한 재료를 전부 충분히 갖추고 요리를 시작하는 건 생각보다 만만치 않은 일이다. 뭐든 하나쯤은 모자랄 수 있다.

내 경우에는 장소에 대한 경험과 감각이 그렇다. 찾을 때마다 없거나 부족한 것.

　나는 대략 열세 살 전에 꿨던 꿈의 모든 배경을 전부 기억한다. 기억력이 대단히 좋거나 늘 인상이 진한 꿈을 꿔서가 아니라, 꿈에 나오는 장소가 (집을 제외하고) 단 두 군데밖에 없었기 때문이다. 오래된 꿈의 배경 두 군데로 나를 어느 정도는 파악할 수 있지 않을까 싶어서 선뜻 알려주고 싶은 마음이 영 들지 않지만, 별로 궁금해하지도 않으실 거라 믿으며 슬쩍 귀띔하자면, 내가 열세 살까지 꿨던 꿈의 유이한 배경은 내가 졸업한 초등학교와 역시 내가 다니던 교회뿐이었다. 그 둘을 유별나게 좋아해서가 아니라 이외의 다른 장소에는 방문한 기억이 거의 없기 때문이다.

한번은 구미호가 아버지를 물어 가는 꿈을 꾸고 엉엉 울며 깨어난 적이 있다. 아홉 살까지 살면서 꾼 꿈 가운데 그게 가장 무서웠기 때문에 아직도 기억이 난다. 배경을 포함해 이 꿈을 다시 쓰면 이렇다. 우리 가족은 교회에 살았는데, 구미호가 아버지를 잡아먹으려고 학교로 끌고 갔다. 실제 학교와 교회 사이의 거리는 어린아이였던 내 기준으로 도보 15분 정도였으나 꿈에서는 아무리 걸어도 학교에 닿을 수 없었다. 어쩔 수 없지. 꿈이었으니까. 그 사실을 감안하면 그렇게 이상한 얘기도 아니다.

이렇듯 장소에 대한 뭐(x=경험, 지식, 감각…)가 영 없는 사람이다 보니…… 랜드마크를 실제로 관광한 경험을 그냥 일기로 쓰라고 해도 애를 먹었을 텐데 그걸 심지어 소설로 쓰라고 하면 어디 그게 쉽겠는가. 현실에 없는 장소에 대해 쓰려는 마음을 먹은 데에는 이런 까닭도 있다. 내가 어디의 무엇에 대해 쓰든 그것에 대해 나보다 잘 아는 사람이 얼마든지 있을 거라는 자포자기. 그런 마음으로 내가 만든 랜드마크는 사실 랜드마크라 부르기에 매우 빈약한 것 같기도 하다. 아주 솔직히 말하면 그냥 블러바드 Boulevard라는 말이 마음에 들었고 그 말이 들어가는 건물 이름을 짓고 싶었으며, 그러자 자연스럽게 대로변에 있는 숙박업소가 떠올랐을 따름이다. 미국을 배경으로 만든 영상물에 자주 나오는, 자동차 여행객들을 위한 공간.

그러니 미국식으로 한마디 덧붙여도 좋을 것이다. So sue me. 상트 이즈 블러바드 모터 인을 랜드마크라 부르는 일이 부적절하다고 생각된다면, 소송이라도 거시든가요. (불과 몇 문장 전에 이 설정이 빈약한 것 같다고 지레 자백했던 것은 못 본 것으로 하고 말입니다.)

사람들이 무엇을 랜드마크라고 부르는가는 알지만 (y＝에펠탑, 자유의 여신상, 우시쿠 대불상…) 왜 그것을 '랜드', '마크'라고 부르는지에 대해서는 몰랐기 때문에 의미를 찾아봤다. 본래 랜드마크는 미지의 영역을 탐험할 때 원래 있던 장소로 돌아올 수 있게 특징적인 지형지물을 기억해두는 것을 의미했다고 한다. 말하자면 자본주의 시대의 거대한 상징물이라 생각했던 것들이 사실은, 그의 아버지 격인 제국주의-식민주의적 개념의 유산이었다는 것일까. 청탁을 받을 때 "랜드마크, 그중에서도 흉물스러운 랜드마크를 주제로 해줬으면 좋겠습니다"라는 말을 들었던 것을 이 맥락에서 떠올려보기도 했다. 굳이 소설 속 공간을 흉물스럽게 그리려 애쓰지 않았어도, 그저 랜드마크라 이름하는 것만으로 그것을 흉물로 만들 수 있었던 것이다. 건축물로서나 조형물로서의 아름다움과는 별개로.

그렇지만 공간적 x가 부족한 사람으로서 랜드마크에 대해 쓰려 할 때, 내게 실질적으로 도움이 된 사실은 그동안 내가 정주하는 인간에 대해 쓴 적이 별로 없다는 것이다. 내 소설에는 주로 어디 가는 중이거나 벌써 가 있거나 집이라 부를 만한 공간이 없는 사람들이 나온다…… 그건 자기가 어디로 가고 있는지를 확인할 수단이 필요한 사람들의 서사라는 의미도 된다. 다른 어딘가와 자신이 머무르는 도시를 구별 짓는 뭔가를 필요로 하는 사람들도 있는 것이다. 소유물로서, 자본주의적 상징물로서가 아니라 기억을 묶어둘 말뚝으로서. 실재하는 랜드마크 y와는 무관한 방식으로 인간의 의식과 관계하는, 일종의 토템으로서.

때문에 랜드마크라는 말에 대해 생각할 때 자연스럽게 내가 떠올리는 것은 사전적인 의미나 이 말을 만든 유래와 관련한 이미지보다는 어떤 조감의 풍경에 가깝다. 에어즈록. 금문교. 을밀대. 63빌딩. 리우데자네이루 예수 거상. 애초에 인간이 만든 것이든 그렇지 않은 것이든 랜드마크를 온전한 사물로서 감상하려면 조감의 시선이 필요하지 않은가. 나스카 지상화같은 것이 불가사의로 취급되는 까닭은 충분한 높이에서 전망할 수 있는 공간이 전혀 없는 평야에, 공중에서 보아야만 그림으로 취급될 법한 선의 집합이 존재해서가 아닌가. 이러한 맥락에서 랜드마크는 인간보다 초월적인 어떤 존재를 위해 만들어지는 것이 아닌가를 의심해보기도 한다. 기록된바 인류 최초의 랜드마크라 할 수 있을 바벨탑이라는 것이, 그 존재의 엉덩이를 찌르려고 만든 것이었듯.

그 존재에 대한 상상 또한 인간적인 의식을 경유하므로 내가 아는 한 랜드마크는 인간 내면의 신성에 대한 믿음과 분리되지 않는다.

한편 나는 이제 학교와 교회가 아닌 다른 공간에 대한 꿈도 꾼다. 한 번도 가본 적 없는 공간이나 현실 세계에는 물리적으로 구현이 불가능한 공간을 배경으로 꾸는 꿈도 그리 드물지 않다. y가 x를 확장해서인지 충분히 발달한 x가 y에 간섭해서인지는 분명치 않고 그리 중요하지도 않다. 근래 내게 가장 중요한 주제는 나의 정주 가능성이 되었다. 오로지 나 자신에게만 의미가 있는 지형지물, 오직 나 한 사람만의 랜드마크가 될 나의 집.

거기에야말로 아직 꿈에서밖에 가본 적이 없다.

한유주

6월들 ^{소설}
1989–2012 ^{에세이}

6월들

땅거미가 진다. 풍경을 구성하는 요소들이 한낮의 햇
살에서 풀려나 제 색을 되찾는 시간, 그린포인트의
폴란드 식당에서 킬바사와 즈라지로 이른 저녁식사
를 마치고 나오는 사람들. 공원에서 개들이 달리고
소프트볼 시합이 벌어지고 있다. "내가 잡았어!" 흰
공이 빠르게 잡히고 환성이 터진다. 잔디, 구름, 어스
름. 사위가 빠르게 어두워진다. 맞은편에서 걸어오는
이의 얼굴을 알아볼 수 없어 경계심이 일렁이고, 순
간, 계단참이 밝아진다, 가로등들이 켜진다. 쓰레기
통에 넘치는 쓰레기 더미 꼭대기에 농구화 한 짝이 있

다. 왼쪽? 오른쪽? 나머지 한 짝을 찾아 두리번거리던 이는 자신의 오른발 바로 앞에서 1센트 동전을 발견한다. 허리를 숙여 동전을 줍고 몸을 일으킨 이는 조그만 슈퍼마켓 전면 유리창 안쪽 가판대에 진열된 오늘의 신문 일면을 보게 된다. 헤드라인에는 이렇게 적혀 있다. 두 명의 사라진 소녀들. 혹은, 실종 이틀째. 달리는 사람은 달리고 있고, 걷는 사람은 걷고 있다. 햇빛이 완전히 사라지기 전의 왜인지 모르게 불안하고, 어딘지 모르게 간지러운 시간의 색, 푸르고, 중남미 주류만을 취급하는 상점에서 동양계 손님 하나가 어리둥절한 표정으로 화이트럼 한 병을 골라 계산대에 올려놓는다. "꼬모 에스따스?" 가게 주인이 놀리듯 묻고, 이틀 전 처음으로 뉴욕을 방문한 손님은 당황하면서도 기지를 발휘해 대답한다. "무이 비엔." 술병을 담기 위한 종이가방은 처음에는 길쭉한 직사각형이었다가 곧 길쭉한 직육면체가 된다. 들고 걷기에 적당한 무게를 갖춘 그것은 손님과 함께 조그만 슈퍼마켓으로 들어간다. 민트와 설탕이 손님과 동행하게 될 것이다. 구겨진 맥주 캔들. 벤치. 저녁식사 전 조깅에 나선 이들 중 누군가가 외친다. "너 신발 끈 풀어

졌어!" 이들은 시속 10킬로미터로 달리고 있는데, 이 속도라면 삼십 분쯤 뒤 브루클린 브리지에 도달하게 될 것이다. 그들이 그쪽으로 달리고 있다면. 계속해서 달릴 생각이라면. 유기농 당근과 콜리플라워가 소박하게 진열된 또 다른 슈퍼마켓의 유리문이 열리고 안으로 들어가던 이가 들고 있던 긴 우산이 출입구 바로 옆에 쌓여 있던 감자들을 쳐서 떨어뜨린다. "씨발!" 그가 외치고, 장바구니에 양송이버섯을 담던 손님이 언짢은 기색을 숨기지 않고 출입구 쪽을 돌아본다. 그런데 비가 오고 있는가? 하늘색이 검푸르게 짙어졌을 뿐, 비가 올 것처럼 보이지는 않는다. 비는 이틀 전 내렸다. 그렇다고 해서 오늘 비가 내리지 않으리라는 보장은 없다. 다만 우리에게는 누군가가 사소한 부주의로 인해 사소한 사고를 발생시키는 장면과 이에 연쇄되는 장면들이 필요할 뿐이다. 가끔 그런 것들이 삶을 재현하고 또 대표한다는 생각들. 흩어지고, 파란색, 연두색, 보라색 얼굴들이 지나간다. 이름 없이 작은 공원 한구석에 석재 체스판이 있고, 누군가 남겨두고 간 기물 하나가 원위치가 아닌 자리에 놓여 있다. 떼까마귀가 더 어두운 그림자를 향해 이동하고, 집집마다 노란 불빛이 환하고, 멀리서 폭죽소리가 들린다. 아무 날도 아니다. 오늘은, 아무 날도 아니다. 오늘은 그저 오늘이다. 누군가가 이층 발코니에서 담배를 피우고, 누군가가 계단참에 엉성하게 놓인 아마존 상자를 슬쩍한다. 비닐봉투들이 출렁거리고, 시속 10킬로미터의 속도로 남서쪽을 바라보면, 선착장과 좁은 바다를 배경으로, 희미한 햇빛 한줌에 의지해 결혼사진을 찍는 이들이 있다. 이른 오후부터 시작된 촬영을 이제 끝내야 할 때가 되었지만 그들은 셔터를 누르는 단속적인 동작을 포기할 생각이 없다. 괜찮다. 그들에게는 플래시가 있고, 건물들의 불빛과 가로등들이 있고, 환한 빛이 폭죽처럼 터질 때마다, 무언가를 감추고 또 무언가를 드러내는, 당연하게도, 순간적인 표정들이 왜곡된 상으로 고정된다. 검은 턱시도 안에 흰 드레스셔츠를 받쳐 입은 이는 순간 하얀 턱받이로 줄어든 것처럼 보인다. 흰드레스를 입은 이는 순간 하얀 원뿔처럼 보인다. 그들이 웃음을 터뜨리고, 달려가던 이들과 바삐 걷고 있던 이들이 그쪽을 향해 미소를 짓는 다정한 행위를 잊지 않는다. 아직 괜찮을 때다. 나쁜 일들이 모두 발생을 완료했고, 일어나지 않은 일들은 아직 일어나지 않았다.

사랑스러운 꿈들. 보행자들. 조깅하는 자들. 지하철. 지상철. 진동이 심한 구간. 쾌활한 목소리들. "여러분, 오늘은 금요일입니다." 훼손된 광고 벽보들. 콧수염. 자신이 탄 전철이 자신의 목적지로 가고 있는지 불안한, 꼭 그 이유로만 불안한 건 아니겠지만, 어쨌거나 초조한 표정으로 노선도를 연신 확인하는 여행자. 요크 스트리트에서 왼쪽 어깨에 새로 새긴 타투를 비닐 랩으로 덮은 이가 오른쪽 귀에 자석처럼 달라붙은 휴대폰에 대고 말한다. "시간이 좀 걸리겠어. 지금 레깅스만 입었는데 아직도 브루클린이야." 비닐 랩 밑으로 피가 조금 배어난다. 흐르지는 않는다. 쥐들이 어디론가 달려간다. 승강장으로 전차가 들어오고, 다시 출발한다. 그러자 놀랍게도 큰 역사 안에는 사라진 쥐들과 맨해튼 방면으로 출발한 승객들 말고는 아무도 없다. 그들 말고는 아무도 없다. 하지만 곧 발소리가 들려오고, 한 발에는 농구화를, 다른 발에는 테니스화를 신은 이가 텅 빈 승강장에 들어선다. 그는 벤치에 털썩 주저앉아 습관처럼 옆을 돌아보며 묻는다. "지금 몇 시죠?" 대답하는 이는 없지만, 그에게 시간을 알려주자. 저녁 여섯 시 반. 하지만 구태여 알려줄 필요는 없다. 이틀 전 내린 빗물이 아직도 떨어지고 있는 역사 천장에 매달린 전광판이 현재 시각과 곧 진입할 전차의 정보를 나타내고 있다. 벤치 아래에는 구겨진 과자 봉지, 한때 그 봉지에 속했던 감자칩 부스러기, 포장된 콘돔, 1센트 동전, 담배 마는 종이, 구겨진, 그리고 오늘자 신문이 있다. 여전히 실종 상태. 경찰 수색 난항. 하나의 벤치 아래 이토록 많은 물건들이 있을 수 있다니, 그는 놀라지 않는다. 보고 있지 않아서다. 그는 전광판을 들여다보고 귀에서 이어폰을 빼며 무심코 어깨를 앞뒤로 흔든다. 곧 전차가 들어오고, 조밀함, 열 살짜리 어린애만 한 개를 힘겹게 안은 이가 한숨을 내쉬며 계단을 오른다. 지상과 지하가 뒤섞일 때, 대형 신발매장에서 외치는 소리. "여름이니까 노란색으로 해!" 한쪽에서는 보안요원이 누군가의 가방을 낚아챈다. "잠시 가방 좀 확인하겠습니다." 저항. 순순함. 소리 없이 퍼지는 눈짓들. "오, 역시 노란색이 좋겠어." 샌들한 켤레가 계산대에 놓인다. 저녁이다. 쇼핑백을 들고 에스컬레이터를 내려가는 사람들. 밖으로 나오면 여전히 달리고 있는 이들이 있다. 한 여행자가 길쭉한 직육면체 형태의 구멍가게로 빨려들 듯 들어가고, 터번을 쓴 사내 앞에 선다. "말보로 라이트 한 갑 주세요." 터번을 쓴 사내가 카운터에 담배를 올려놓으며 말한다. "14달러입니다." 여행자가 14달러라는 말에 놀라기도 전에 터번 쓴 사내가 다시 묻는다. "여행 왔어요?" 여행자는 고개를 끄덕이고, 담배 한 갑을 소중히 가방에 넣는다. 고양이가 올리브오일 선반에서 통조림 선반으로 이동하고, 간판 불이 환하다. 결혼사진을 촬영하던 이들이 장비를 정리한다. 누군가는 턱시도 재킷을 벗고, 누군가는 꽃다발에서 수국과 라넌큘러스를 골라내고, 누군가는 디지털카메라 화면으로 오늘의 촬영분을 확인하는데, 또 누군가가 멀찍이서 그들을 지나치며 낮은 목소리로 중얼거린다. "너희 나라로 당장 꺼져." 그의 눈앞에, 길바닥에, 뭔가 반짝이는 것이 있다. 그는 주목하지 않고 지나가지만, 우리는 그것이 1센트 동전이라는 것을 안다. 럼과 민트와 설탕을 들고 에어비앤비 숙소로 돌아가는 여행자는 언젠가 이 도시에서 1센트 동전 뿐리고 줄기 대회라도 열렸던 건 아닌지 궁금해한다. 달리는 사람의 땀이 바닥에 떨어지고, 뒤이어 달리는 사람의 땀이 그 위에 떨어진다. "이렇게 비싼 도시에 어떻게 여행을 올 수 있을까?" 누군가는 궁금해하고, "친척이나 친구가 있겠지", 누군가가 대답한다. 여행자는 선착장을, 검은 바다를, 도시의 불빛을 받아 조금 반짝이는 수면을 바라본다. 그는 도보로 브루클린 브리지를 건널 생각이다. 수많은 사람들이 밤이 내린 도시의 풍경에 찬사를 내뱉으며 걷고 있다. 이쪽으로, 혹은 저쪽으로. 다리의 아름다움: 두 방향뿐이라는 것. 다리의 섬뜩함: 다른 방향들을 상상할 수 있다는 것. 여행자가 브루클린 브리지의 초입에 들어선다. 맨해튼 방향으로 갈 생각이다. 이 시각, 이 다리에서 다른 이들의 눈에 띄지 않고 뛰어내리기란 가능하지 않다. 하지만 늘 방법을 찾아내는 사람들이 있으며…… 한때 세상에서 가장 긴 현수교였던 브루클린 브리지가 바다로 이어지는 이스트강 바닥에 가라앉은 1센트 동전들과 뼈들, 체스말들과 한숨들의 무게를 가늠한다. "거기 있어봐. 사진 찍게." 일 분마다 수백 장의 사진들이 찍히고, 달리는 이들은 여전히 달리고 있다. 트립어드바이저에서 수만 건의 우호적인 리뷰를 받은 이 다리를 브루클린에서 맨해튼 방향으로 달려가면 이제는 없는 건물이 있고, 있던 건물이 없다. 대부분의 여행자들은 이에 대해 잠시 생각하거나 조금도 생각하지 않다가 가까운 전철역으로 들어가거나 쉐이크쉑에서 지친 발바닥을 쉬게 한다. "아웃!" 소프트볼 시합이 종료된다. 멀리서 들려오는 소리다.

캐세이퍼시픽항공에서 운영하는 보잉747을 타고 첵락콕 국제공항에 착륙한 이는 초조한 마음으로 입국심사대를 통과해 검역장으로 간다. 그의 개가 기다리고 있다. 아니, 그가 개를 기다리고 있었다. 개는 활발하게 네 다리로 서서 꼬리를 흔들고, 그는 걱정한다. 습도가 때로 100퍼센트에 육박하는 이 도시의 더위를 개에게 설명할 수 있을까? 설명할 수 있다고 하더라도, 개가 납득할까? 그는 개를 데리고 공항을 빠져나와 택시를 잡는다. 기사는 이미 행선지를 알고 있다. 그는 안도하고, 개는 낯선 차체를, 낯선 대기를, 낯선 여정을 경계한다. 다리. 시속 80킬로미터로 청마대교를 달리는 택시. 이층 버스들. 승용차들.

JASON이라는 번호판을 단 흰색 테슬라 모델 Y가 순간 택시 앞을 막아선다. 알아들을 수 없는 말. 욕설. 개가 경계하고, 그는 개의 목덜미를 쓰다듬는다. 침사추이의 호텔들에 차례대로 정차할 예정인 이층 버스의 이층에서 누군가가 정체 중인 도로를 내려다보며 말한다. "고속철을 탈 걸 그랬어." 누군가는 공항에서 메인랜드로 직행할 걸 그랬다고 생각한다. 상하이까지 기차로 19시간. 하지만 주하이까지는 한 시간이면 갈 수 있다. 55킬로미터에 달하는 다리. 누군가가 코웃음을 치며 생각한다. "나는 그 다리를 건널 생각이 없어, 무너지기 전까지는." 푸른 웃음들. 창밖으로 내민 긴 장대에 널린 빨래들. 오직 여행자와 범죄자들만이 주목하는 요소들. 러닝화를 신은 이들이 달려가고, 횡단보도에서 참을성 있게 녹색 신호를 기다리는 이에게 누군가 다가와 속삭인다. "니세모노." 암호와도 같은 말들. 개들은 해가 지기를 기다린다. 기온이 온건해지기를. 그러나 습도는…… 아열대 기후에 익숙하지 않은 이들에게 이러한 습도는 파괴적이다. 검은 얼굴들. 간판들. 마침내 해가 지고, 발광할수 있는 모든 것들이 빛을 발하기 시작한다. 주대복.

금과 옥. 나이키. 아디다스. 당연하게도 공원이 있다. 달리는 이들이 달리고 있다. 당연하게도. 길과 중력과 인간과 근력이 있다면 달리기가 가능해진다. 그러나 달린다는 단순하고 소박한 행위가 가능해지지 않을 때가 있을 것이다. 늦은 저녁이다, 이른 밤이다, 혹은 그 사이 명명하기 애매한 시간이다. 혹은 오로지 낮과 밤으로만 양분되거나. 대부분의 사람들이 앞을 보며 직진하는 가운데, 누군가가 난생 처음으로 이족 보행에 성공했다는 기분을 느끼며 주위를 두리번거린다. 여행자의 시선. 간혹 영속적인 거주자들보다 여행자나 단기 거주자들이 많은 도시. 누군가가 식당 유리창 안쪽을 가로지르는 쇠꼬챙이에 걸린 음식 혹은 식재료들에 주목한다. 하지만 그는 오리와 닭을 구분하지 못한다. 주방 타일이 반사하는 푸르스름한 빛. 가금류의 내장과 양파 한 묶음이 나란히 걸려 있다. 일본 체인임을 강조하는 돈카츠 가게에서 메뉴판에 적힌 가격을 보고 기함하는 사람. "48달러라고?" 누군가가 주택가를 산책한다. 개가 있다. 육교가 있다. 버스들이 달려가고 신호등이 적시에 적신호와 청신호를 교대시킨다. 아직 믿을 수 있는 세계가 남아 있다는 감각. 그것이 없더라도 믿어야 한다. 누군가가 다른 누군가의 발을 밟고 올라서며 속삭인다. "하야." 희망이 섞인 말들. 사랑스러운 꿈들. 육교에서 정면으로 바라보이는 고층 호텔의 루프톱 바에서 누군가가 90년대 영국 음악이 흘러나오는 가운데 블러디 지저스앤메리체인이라는 이름의 칵테일을 고함치듯 주문하며 노트북 화면을 향해 어깨를 옹송그린다. "오, 블러디. 블러디 지저스. 블러디 지저스 앤 메리." 푸른 조명. 어제 비가 내렸다. 푸르스름한 낯빛의 사람들이 난만한 고유명사들을 주문한다. 이 호텔의 높이는 고작 30층에 불과하며, 역사적인 사건들을 추억하기에는 너무 젊은 나이다. 고층 다음에는 초고층이 있다. 동쪽 난간에서는 빨래들이 보이고, 서쪽 난간에서는 마주한 건물 외벽에 불 밝힌 문구 하나: 예수재림. 시제 없는 표현.

아직 문을 닫을 생각이 없는 쇼핑몰들. 누군가가 자라 매장을 빠져나오고, 그의 빈자리를 곧이어 누군가가 대신한다. 하버시티. 한 여행자가 향수 매장을 기웃거린다. 환한 미소. 시향지를 받은 이가 그 미소에 응답한다. LUCKY. 향수 이름이다. 복합적인 기능을 수행하는 거대한 건물 너머로 바다가 있다. 대만 체인인 찻집. 빨대 없이 제공되는 차가운 음료들. 걷거나 달리는 사람들. 멈춰 선 사람들도 있다. 결혼을 증명하기 위한 사진을 찍는 이들도 물론 존재한다. 신부의 드레스는 만국 공통으로 흰색이다. 바다가 일렁이지 않고, 한때 대단히 높았지만 이제는 딱히 그렇다고 할 수 없는 건물들 외벽에 키보드 자판만큼이나 많은 엘리베이터 버튼들. 누군가가 한 시간 간격으로 버튼들을 소독한다. 누군가가 완탕으로 저녁을 해결하고 어느 엘리베이터에 올라 버튼을 누른다. 27층. 마그네슘이 부족해 경련하는 형광등 불빛 아래 누군가가 고도 90미터까지 상승한다. 기다란 복도를 따라가면 오로지 영어로 쓰인 책들만 판매하는 서점이 있다. 그는 감탄한다. 계단들. 엘리베이터들. 그리고 에스컬레이터들. 누군가는 올라가는 중이고, 누군가는 내려가는 중이다. 금요일, 누군가는, 누군가들은 일요일만을 기다린다. 센트럴에서, 만다린 오리엔탈호텔 앞에서, 자동차들이 멈춘 도로에서, 삼각형과 원을 그리며 춤을 추는 그들. 누군가가 말한다. "하야." 누군가가 말한다. "알리바바에서 주문하면 이틀이면 도착해." 반 평짜리 소박한 핫도그 가게에서 소시지 위에 다진 양파를 얹던 누군가가 막 새로 들어온 손님의 신발을 보고 웃음을 터뜨린다. 전단지들. 한 여행자가 의기양양하게 만다린오리엔탈 로비에 들어선다. "아쉽지만 손님, 애프터눈 티는 오늘 더 이상 제공되지 않습니다." 손님은 납득하지 않는다. "이 시각을 애프터눈이라고 할 수는 없으니까요……" 하지만 손님은 막무가내로 2인용 애프터눈 티세트를 고집한다. 불빛이 찬란하고, 밖은 어둡다. 홍콩의 위도는…… 직원이 찻숟가락을 놀려 은제 티팟에 차를 넣고 물을 붓는다. 오이샌드위치와 스콘들. 누군가가 성큼성큼 걸어와 푹신한 의자에 가방을 던지고, 도로에서는 그림자를 입은 사람들이 하나둘씩 모여든다. "굳이 트레킹을 하고 싶다면 람마섬에 가 봐." 누군가가 말한다. 항구에서는 여전히 페리들이 출발하고 도착한다. 아직 어떤 일들이 일어나기 전이다. 주말마다 그림자들이 춤추고 페리로는 닿을 수 없는 어느 섬들을 그리워하는 중이다. 누군가가 맥도날드 바닥에 놓인 小心이라고 적힌 알림판을 보고 주의하고, 그는 여행자이고, 여행자의 시각과 후각으로 눈앞의 메뉴판을 훑는다. 한 사람이 추락했으며, 어떤 사람들은 추억한다. 아직 아무 일도 일어나지 않았다. 확신에 찬 표현들. 2046년이 오려면 아직도 20년 이상이 남아 있다. 그 전에 지구가 괴멸할 것이다. 항구에서 페리를 기다리는 사람들. 누군가가 생수 한 병을 산다. 누군가는 기름 냄새를 맡는다. 또 누군가는 무심코 노래를 흥얼거린다. 아직 아무 일도 일어나지 않았다. 아무 일도 일어나지 않는 날이다. 오늘은 오늘이다. "홍콩에서 꼭 가봐야 할 곳들은……" 아이리시 펍에서 한 영국인이 춤을 추던 누군가에게 고함을 친다. "여기가 중국인 줄 알아?" 중국인으로 지목된 이는 자신의 국적이 대만임을 강조한다. 어느새 허연 조명을 밝힌 농구 코트에서 삼 대 삼 농구 경기가 진행 중이다. 달리는 사람들. 전기 자동차들. 빨대 없이 제공되는 음료들. 창가에 앉은 누군가가 프렌치토스트를 주문한다. 잃어버린 빵. 반환되지 않는 빵들. 들. 들들. 누군가가 육교를 건너다 개와 마주치고, 잃어버린 개를 생각한다. 죽었으므로 잃어야만 했던 개들. 개가 다가오고, 그들은 환하게 웃는다. 사람 둘, 개 하나. 누군가가 전철을 타고 홍함

역에서 록마주역으로 향한다. 그곳에서 비자를 발급받아 선전으로 갈 것이다. 국경을 넘을 것이다. 아직 문 닫지 않은 카페에서 주인이 주문을 받는다. "예가체프 한 잔, 푸어오버로 부탁합니다." 카페 테이블들은 노트북을 펼친 사람들이 전부 차지하고 있다. 일층 카페에 앉을 수 있다는 건 때로 행운이다. 아니, 매번 행운이다. 누군가가 대형 슈퍼마켓에서 영덕대게라 적힌 한국산 통조림을 집으며 의아한 표정을 짓는다. 대게가 욱일기 형태로 여덟 다리를 활짝 펼치고 있다. 담배 연기가 피어오르는 발코니. 낮은 습도. 60퍼센트. 구름이 이동하고 파도는 잔잔하다. 전망대. 누군가가 식당 앞에서 번호표를 발급받는다. "우리 앞에 59명이 있다고?" 에스컬레이터들. 케이블카들. 들. 복수들. 바람이 드나들도록 한가운데 구멍이 뚫린 고층 건물들. 태풍은 언제고 온다. "니세모노. 짝퉁시계." 누군가가 속삭이고, 누군가가 추락한다. 과거의 일이다. 118층에도 바가 있다. 유기농 럼과 하이네켄이 충돌하고, 음악이 있다. 광둥어와 북경어가 충돌하고, 간간히 영어와 한국어, 일본어가 뒤섞인다. 영화 같은 삶이 지나가면 영화 같은 삶이 이어진다. 영화가 삶을 모방하므로. 삶이 아무리 영화를 모방하려고 애쓸지라도, 원본은 원본인 법이다. 인도인과 영국인이 영국문화원 앞에서 담배를 피운다. "지금 좀비들이 출몰한다고 하더라도 나는 놀라지 않을 거야." "개소리." 세븐일레븐 앞 가판대의 신문들이 습기에 고개를 떨군다. 기자 실종. 시제 없는 표현. 섬과 섬을 잇는 다리들이 제 역할을 수행하고 있다. 누군가는 이곳 거리들에서 휘황찬란이라는 표현을 처음으로 이해한다. 맥도날드에서 주문 없이 앉아 있던 손님이 멜라민 테이블 위로 엎드린다. 버스 안 전광판이 내보내는 청유형 문장: 버스가 완전히 정차한 뒤 내리십시오. 다음 정류장: 달빛 테라스. 이층 버스들이 경사로를 힘겹게 올라간다. 예각도로에서 회전할 때, 버스들은 가까스로 휘청거리지 않을 수 있다. 치밀한 설계 덕분이다. 나뭇가지들이 왼쪽과 오른쪽으로 물러서고, 속삭임, 누군가가 빈 텀블러를 검정색 나이키 배낭에 넣으며 생각한다: 양말이 필요해. 작은 마음, 그러나 의견은 때로 강력하다.

광장의 피제리아에서 미국인 한 사람과 한국인 두 사

람이 피자를 먹고 있다. 너무 많은 지명들. 장소들. 유적들. 광장들. 로마는 길을 잃기에 맞춤한 도시라고 누군가 말한다. 옆 테이블의 목소리들. 누군가가 숨죽여 웃고, 광장에는 비둘기들이 있다. 당연하게도 비둘기들은 어디에나 있다. 한 아이가 비둘기를 쫓아 달려가고, 아이의 어머니가 말한다. "그만둬. 그는 날아. 넌 날지 않아." 분수대가 마르지 않는 한 우리는 도시가 도시다움을 그럭저럭 유지하고 있다고 믿을 수 있다. 끝없이 공급되는 사람들이 거리마다 흘러넘친다. 또 다른 아이가 학교가 끝나고 집으로 돌아가다 갑자기 환희에 찬 얼굴로 뒤를 돌아보며 노래를 부른다. "천국의 문을 두드려라……" 아이의 이어폰 한 짝이 다른 아이에게로 인도된다. 어떤 문을 두드려도 맞춤한 순간 천국이 나타나기를. 개 전용 공원에서 개들이 원반을 물고 달린다. 간혹 스스로 원반을 던지는 개가 나타나기도 한다. 개들의 예수. 누군가가 신성모독적인 발언을 내뱉고 과장된 미소를 짓는다. 한 달째 비가 오지 않았다. 낮이면 지나치게 더워서 사람들은 덧창을 닫고 어둠 속에서 낮잠을 청한다. 그리고 저녁. 커피 바에서 한 비글이 출입문 근처에 앉아 자신의 목줄을 쥔 이가 수다를 끝내고 에스프레소 한 잔을 한입에 털어 넣기를 기다린다. 좀이 쑤시는 것이다. 그때 누군가가 여행용 가방을 끌고 비글을 지나친다. 여행자가 커피를 주문한다. "에스프레소 한 잔 주세요." 주인이 눈썹을 찡그리며 묻는다. "에스프레소는 아주 작은 커피입니다." 여행자는 고개를 끄덕인다. 앰뷸런스 소리. 한길에 주차되어 있던 피아트 범퍼가 막 찌그러졌다. 드물지 않게 일어나는 일이다. 시선들은 언제나 확고하다. 볼 것이 너무나 많기 때문이다. 타일들. 대리석들. 불가산 명사들. 좀처럼 다른 곳을 보지 않으려는 이들이 너무나 많은 까닭에 저녁 조깅에 나선 사람들은 보다 한적한 길을 택해야 한다. 강을 따라 달리거나. 어느 카페 앞 재활용품 수거함에 붙은 포스터에 "이탈리아 역시 국민전선"이라고 적혀 있다. 그 뒤로 선 시계탑이 1시 9분을 가리키고 있다. "이제 폐관할 시간입니다." 고야의 그림을 뚫어질 듯 바라보던 관람객이 시선을 거둔다. 누군가가 성수반에 손끝을 담그고, 누군가의 지갑이 제자리를 벗어나는 중이다. 어스름한 저녁. 누군가가 길에서 오렌지를 줍는다. 콘서트홀로 모여드는 사람들. 레푸블리카역 근처에 탱크가 한 대 서 있다. 전철역으로 들어가던 여행자의 눈에 시계탑이 들어온다. 5시 24분. 그는 로마에 도착한 뒤로 지금까지 서로 다른 시계탑들을 수십 번 보았고, 그때마다 시간을 확인했고, 위성이 통제하는 휴대폰의 시간과 한 번도 일치하지 않는 로마의 시간들에 경이로움을 느낀다. "이천 년 전 죽었고 다시 태어난 도시." 옆 테이블의 목소리들. 테르미니역에서 기차가 출발하고 도착한다. 버스가 정차하고 사람들이 버스의 옆구리에서 사람만 한 가방들을 꺼낸다. 맥주 캔들이 굴러다니고 역시 비둘기들이 있다. 창문들이 열리고, 담배 자판기가 누군가의 신분증을 스캔한다. 타일들. 대리석들. 열쇠들. 누군가가 야간 조명을 밝히기 시작한 콜로세움을 먼 거리에서 바라보고, 새들은 이미 교외로 날아갔다. 가로등이 드문드문 밝혀진 기차역 뒤편 화구용품점 셔터가 내려간다. 거리명 표지판 바로 위에 단단히 고정된 청동거울과 거울을 둘러싼 천사 조각. 한 여행자가 전시장을 빠져나온다. 팔라첼로 델로 스포르트. 팔라첼로 델로 스포르트. 그는 발음하기 어려운 단어들이라고 생각하며 오십 분 전 본

최정화의 거대한 설치 작품을 떠올린다. 바구니들. 녹색과 빨간색. 한때 올림픽 경기장이었던 전시장 밖에는 놀랍게도 다섯 명뿐이다. 스케이트보드를 타는 아이들. 전시장 앞 광장에는 비둘기들이 더 많고, 놀랍지 않게도 이 광장에도 시계탑이 있는데, 굳이 휴대폰을 꺼내지 않더라도 그 시계가 틀린 시각을 가리키고 있으리라는 점은 분명해 보인다. 검어지기 직전 외려 투명하게 보이는 하늘이 콘크리트 건물을 빨아들이고 있다. 그 반대이거나. 어둠이 짙어지고, 앉을 수 있는 카페를 겨우 발견한 누군가가 안도한다. 커피를 주문하고, 책이 펼쳐지고, 작은 커피가 나오고, 더욱 어두워지고, 커피 테이블에 휴대용 랜턴 하나가 놓인다. 밝아진다. 산타 마리아. 보나 세라. 로마. 아, 로 끝나는 말들. 벌어지는 입들. 가로수들이 오렌지들을 떨구고 누군가는 카페에 앉아 석간신문을 펼칠 듯 펼치지 않으며 지나가는 개들을 바라본다. 테르미니, 하고 차장이 엄숙하게 종착역을 선고하고, 기차에 탄 사람들은 느긋하게 열차가 완전히 멈추기를, 진동이 잦아들기를 기다린다. 이 일은 대략 십 분마다 한 번씩 반복된다. 교통의 요지. 세계의 수도. 과거의 일들.

마지막 열차가 도착하려면 여섯 시간 정도 남아 있다. 테르미니역 지하는 미로처럼 복잡한데, 많은 노선과 연결되기 때문이다. 피렌체에서 마치 공간을 왜곡시키는 것 같았던, 평면의 세계에 들어서게 하는 것 같았던 산타마리아 델 피오레 성당 앞에서 사진을 찍고 다시 기차를 타고 로마에 도착한 두 여행자가 우연히 그러나 필연적으로 지하 미로에 갇힌다. 다른 승객들은 모두 벌써 피리 부는 사나이를 따라간 모양이다. 여행자들은 긴 통로를 지나 또 다른 통로에 들어서려다 호루라기를 입에 문 사람과 총을 든 사람과 마주친다. 호루라기와 총이 그들을 보고 당황한다. 당황하는 것은 여행자들도 마찬가지다. 여행자들은 얼어붙는다. 이들의 인상착의를 통해 범죄와는 관련이 없다는 것을 파악한 호루라기와 총이 머뭇거리다 말한다. "레츠 고, 레츠 고!" 그래서 그들은 간다. "사복 경찰이었을까?" 누군가가 말한다. 그들은 숙소로 돌아와 텔레비전을 켜고 테르미니역에서 벌어졌다는 테러 기도 사건이 보도되기를 기다렸지만, 제대로 된 채널을 찾지 못한 것일까, 하얀 요트 위에서 꽃다발과 여자들에 둘러싸여 옛 노래를 부르는 남자를 보다가 까무룩 잠이 든다. 골목, 골목들. 진홍색 수트에 감색 셔츠를 입고 베이지색 타이를 맨 이가 아이스크림가게 앞 길게 늘어선 사람들을 향해 못마땅하면서도 다정한 눈길을 보내며 지나간다. 진홍색과 감색과 베이지색, 못마땅함과 다정함이 자연스럽게 어우러지는 장소, 누군가가 판테온에 들어서며 말한다. "역시 화강암을 다루기는 어려워." 앰뷸런스가 지나간다. "그래요, 모두가 교황을 사랑합니다." 누군가가 말하고, 한 여행자가 그의 말을 알아듣지 못하는 채로 들으며 비좁은 골목길을 지나 마침내 탁 트인 폐허에 들어선다. 광장의 과실수들, 분수들. 여기서는 모든 것이 복수로 존재한다. 예컨대 담배 연기들, 목소리들, 손짓들, 오렌지들. "추파를 던지는 남자들을 용서하세요. 그들은 바보들입니다." 방금 오십여 미터를 달려 막 출입문을 닫으려는 트램에 올라타는 일에 성공한 이가 헐떡거림을 멈추지 않는 동행에게 말한다. 콜로세움이 장엄하게 빛나고 있다. 그리고 역시 장엄한 어둠에 잠긴 포로 로마나. 고대의 상수도. 누군가가 비토리오 에마누엘레 2세 광장을 지나가며 잔디가 깔린 공터의 오래된 건축물 혹은 폐허를 가리키며 말한다. "중세시대에 저 동굴 같은 건물에 연금술사가 살았다고 합니다." 그의 동행이 놀랍지 않다는 표정으로 동굴 혹은 건물을 본다. "결국 그는 테베레 강물로 황금을 만드는 데 성공했다고 하고, 동굴 너머로 사라져서 아무도 그의 모습을 볼 수 없었다고 합니다." 광장의 모퉁이를 빠져나가면 주로 퇴근하는 이들을 실은 트램이 지나가고 아로마 오일과 향초를 파는 상점 앞에서 한 집시가 세상이 곧 멸망할지니 원하지 않는 자들은 지갑을 꺼내라며 울부짖는다. 그곳에서 대략 900미터 떨어진 어느 거리에서 누구보다 말쑥하고 근사한 차림을 한 이들이 바삐 횡단보도를 건너간다. 감색, 하늘색, 회색, 자주색, 보라색, 녹색. 어느 소화전 앞에서 누군가가 간이의자에 앉아 손님들을 기다리고 있다. 그가 내건 안내문: 인생의 아름다움. 타로점. 영어 가능. 대개 이, 오, 아로 끝나는 말들. 부드럽게 벌어지는 입들. 누군가가 테베레 강을 따라 달리다 천사의 성을 멍한 눈으로 응시한다. 스위스 경비병들. 모자가 날아간다. 누군가가 주홍색과 흰색, 파란색 접시에 레몬 조각과 함께 담긴 칼라마리 튀김을 휴대폰으로 사진 찍고, 누군가의 냅킨은 이미 맥주에 흠뻑 젖어 있다. 아직 아무 일도 일어나지 않았다. 역시 오늘은 오늘이다. 로마에는 일주일 뒤에 비가 내릴 예정이다. 거주자들은 계속해서 거주하고, 여행자들은 도착하거나 출발한다. 탱크는 발포하지 않을 것이고, 애초에, 탱크는 비무장 상태이지만, 아무도 그것을 모른다. 로마의 시계탑들을 사진 찍던 이가 전철을 타기 위해 레푸블리카 역으로 다시 한 번 들어간다. 지하 1층 매표소 부근에도 벽시계가 걸려 있다. 4시 47분. 여행자는 그 시간을 사진 찍는다. 그리고 만족스러운 얼굴로 위성이 통제하는 휴대폰 시간을 확인하며 승강장으로 내려가는 에스컬레이터에 오른다. 그때 누군가가 여행자를 부른다. "스쿠시, 시뇨라." 여행자는 두 번째 부름에야 뒤를 돌아본다. 에스컬레이터에서 이어지는 짧은 대화: "방금 왜 그 시간을 사진 찍었습니까?" 그러나 이 대화가 이어진다고 할 수 있을까? 여행자는 상대방의 말을 이해하지 못한다. 우리는 지켜본다. 여행자가 어리둥절한 얼굴로 바라보자 사복 경찰 혹은 오지랖 넓은 로마 시민이 안타까운 얼굴로 말한다. "지금 이탈리아는 테러 위협을 받고 있습니다. 당신이 그 휴대폰을 잃어버리기라도 한다면, 그래서 테러분자들이 로마의 시간에 대해 알게 된다면, 로마는 엄청난 위험에 처하게 될 겁니다." 여행자는 그의 말을 조금도 이해하지 못한다. 상대방은 양 손바닥을 위로 향한 채 어깨를 으쓱하며 멀뚱히 자신을 바라보고 있는 여행자를 지나쳐 에스컬레이터보다 빠른 속도로, 그러나 의기소침하게, 승강장으로 내려가고, 마침 요란하게 진입 중인 전철에 탑승한다. 거리. 나흘 전 부모와 함께 국경을 넘은 아이가 어느 스타킹 상점에서 흘러나오는 노래에 맞추어 어깨를 흔든다. "모두가 여행자들을 싫어하지……" 아이의 부모는 목적지를 향해 결연한 눈빛으로 움직인다. "펄프의 곡입니다. 보통 사람들." 아이가 달리기 시작한다.

1989-2012

전철이 지하 구간을 빠져나오고, 한낮, 누군가가 탄성을 올린다. "저거 봐!" 절반가량의 승객들이 저도 모르게 차창 밖을 내다본다. 당산철교. 이들이 탄 2호선 전철이 내선인지 외선인지는 중요하지 않다. 어느 쪽이건 지하를 달리다 지상으로 나오게 되는 것이다. 드물지만 간혹 카약을 탄 이들이 눈에 띄고, 강은 대개 고요하다. 오직 물결만이 유동적으로 보일 때가 있다. 도로들, 건물들, 교량들, 신호들. 인간의 사물들이 복수로 존재하는 가운데, 강은 유일하다. 강의 유속은 전철의 그것보다 느리고, 때로 지나치게 느려서, 빛을 다각도로 반사하는 수면에도 불구하고, 강이 마치 정지한 것 같다고 생각하는 이가 있다. 두어 명의 승객들이 차창 밖 풍경을 사진 찍고, 누군가는 당산철교가 붕괴할 위험이 있다는 보도가 이어진 후 급히 결정된 보수공사가 진행되던 시기에 전철 대신 버스를 타고 양화대교를 건너던 때가 있었다는 걸 가까스로 떠올린다. 그때 나는 중학생이었지…… 홍대입구역으로 뭘 사러 가던 중이었는데…… 그게 뭐였더라……? 바로 다음 순간, 전철이 지하 구간으로 빨려들고, 그는 옛날의 목적지를 금세 잊는다. 하지만 강과 물결, 하늘과 햇빛이 빠른 어둠으로 수렴하는 와중에도 어느 건물의 금빛 잔상은 한동안 머무른다. 누군가가 원반을 던지고, 개들이 달려간다.

누군가가 소위 현대적인 방식으로 리모델링을 마친 노량진 수산시장에서 대게와 가리비를 사러 가는데 다른 상인이 끼어든다. 광어나 멍게를 사라는 것이다. 갑각류를 취급하는 점포로 가려던 이는 잠시 멍게의 쓰고 아린 맛을 생각하며 멈칫한다. 이 생각은 이상하게도 아무 표면적인 맥락 없이 택시를 타고 올림픽대로를 달리던 열 살 무렵의 저녁 풍경과 이어진다. 1993년이었을까? 1994년이었을지도 모르지. 김일성이 사망했고, 지존파가 검거되었다. 성수대교가 무너졌고…… 경악하는 얼굴들, 하지만 무엇보다도 1994년 여름은 대단히 더웠다. 대부분 먼 얘기였으나 더위만은 피부에 밀착되어 떨어질 생각을 하지 않았다. 그날도 더운 날이었을까? 모르겠어…… 무엇보다도 올림픽대로를 어느 방향으로 달리고 있었는지도 기억나지 않는다. 종합운동장 쪽으로? 아니면 김포공항 쪽으로? 장안동에서 낯선 친척들과 어색한 저녁식사를 하고 택시를 탔던 기억이 희미하다. 이 기억이 옳다면 종합운동장 쪽이었을 것이다. 고속터미널에 가고 있었을 테니까. 아마도…… 그때 택시 안에는 에어컨과 라디오가 동시에 켜져 있었지. 어느 탈북자에 관한 보도가 있었고, 그는 아들들을 북에 남겨두고 떠나올 수밖에 없었다고 말했다. 아버지는 뒷좌석에 있던 그를 의식했는지, 헛기침을 하며 기사에게 부러 말을 걸었다. "어떻게 자식들을 두고 올 수가 있을까요? 저라면 그러지 못했을 텐데요." 그날 택시기사가 어떤 대답을 했는지는 기억나지 않는다. 하지만 그는 안다. 변명이었지…… 그날 그들은 금빛 건물을 지나쳤다. 지금은 비슷한 높이를 지닌 건물들이 근처에 여럿 들어섰고…… 그는 멍게 만 원어치를 주문하며 생각을 이어간다. 그 건물들은 서로 교신할 수 있을까? 하지만 그중 한 건물이 실은 다른 건물들에게 등을 돌리고 있다면……? 올림픽대로보다 강변북로를 선호하는 사람들. 천호대교 방면으로 달려야 한다. 서강대교에서 마포대교까지, 오후 5시, 63빌딩을 흘긋 바라보기에 적합한 시간, 햇빛, 미세먼지가 많은 날이면 빛은 더욱 온화해진다. 올림픽대로를 종합운동장에서 김포공항 방면으로 달리고 있다면 조금 더 압도적인 높이로 육박해오는 건물과 가까워질 수 있다. 그러나 거리가 너무 가까우면 오래 압도되지 않는다. 게다가 우리는 언제고 멀어지고 만다.

긴 여행에서 돌아오는 누군가가 말한다. "넌 언제 잠들었어?" "원숭이에서." 그들은 지난 밤 BBC에서 제작한 야생동물 다큐멘터리를 보다 차례대로 잠들었다. 누군가는 북극여우에서, 누군가는 원숭이에서, 누군가는 수달에서. 그들이 모두 잠들었을 때 하이에나가 나타났고, 두개골들, 화장실에 가려고 일어났던 누군가가 어둠 속을 더듬어 리모컨을 찾아 텔레비전을 껐다. 고층 건물들이 나른한 햇빛을 반사하고, 새들이 돌진한다. 그러지 마, 누군가가 생각하지만, 대상이 누구인지는 알 수 없다.

너무나 많은 사람들이 지나간다. 유동 인구라는 단어가 포함하는 숫자. 표정들. 가을이고, 사람들과 차들이 달린다. 한 사진가가 가양대교에서 성산대교를 바라보며 말한다. "이제 월드컵대교만 남았군요." 사람들이 강을 따라 자전거를 타거나 걷거나 달리고 있다. 누군가가 억새에 가려진 채 말한다. "다시 예배에 참석하고 싶어." 오리배들은 모두 정박해 있다. 비가 온다는 예보가 있다. 가을 태풍이 북상 중이라는 보도가 있다. 유리 건물들은 대비를 끝냈다. 관리인들은 그렇다고 믿는다. 금색으로 빛나는, 한때 남한에서, 반도에서, 아시아에서 가장 높았던 건물은 바로 그 높이 때문에 너무 많은 추억들이 있다. 사람, 혹은 사람들이 아니라 건물이 추억하는 것이다. 건물 지하에는 형광등 아래 펭귄들이 서 있고 수달들이 유리벽에 조그맣게 뚫린 구멍으로 들어오는 인간의 손가락에 입을 맞춘다. 그러지 마…… 누군가가 생각한다. 맥락 없이. 그는 건물 일층 베이커리 앞에서 택시를 기다리는 중이다. 그러다 문득 생각한다. 이번에는 장소라는 맥락이 있다. 1989년이었지, 어쩌면 1990년이었을 수도 있다. 그가 할머니, 그리고 사촌동생과 63빌딩 앞에서 택시를 잡아야만 했던 이유는 불명이다. 기억나지 않기 때문이다. 다만 급하게 택시를 타야 했다는 것만은 분명하다. 어디로 가려고 했지……? 행인들, 자동차들. 손을 뻗으면, 구태여 손을 뻗지 않더라도 누구라도 무엇이라도 잡을 수 있었지만 택시만은 잡히지 않았다. 수많은 택시들을 흘려보내고 난 뒤에 승객을 태우지 않은 모범택시 한 대가 다가왔다. 그는 손을 뻗었고, 있는 힘껏 외쳤다. "택시!" 그러나 검정색 택시는 그대로 그들을 지나쳤다. 할머니의 낙담, 세 살 터울의 사촌동생이 한숨을 쉬었고, 아홉 살, 혹은 열 살이었던 그는 모범이라는 단어의 정확한 의미를 다시 한 번 생각해보려고 했지만, 기억은 여기까지다. 후에 그의 할머니가 그의 아버지에게 말했다. "버마 루비면 말할 것도 없지." 그는 나중에야 버마라는 것이 나라 이름이고 그 이름이 미얀마로 바뀌었다는 걸 알게 되었다. 아는 국가명이라고는 미국과 일본, 중국과 북한이 전부였던 나이였다. 1989년 혹은 1990년이었던 것이다.

교량들, 곡선도로들, 램프들. 한 운전자가 국회의사당과 양화대교 사이에서 갈팡질팡하다 차를 세우고 만다. 성난 경적 소리가 이어진다. 메아리. 멀지 않은 곳에서 패들보드 강습이 한창이다. 많은 일들이 일어났으며…… 일어날 것이다…… 우리의 바람과는 관계없이, 맥락 없이. 바람이 분다. 누군가가 63빌딩의 엘리베이터에 오른다. 하루에 이곳을 방문하는 사람들 중 수백 명과 같은 이유에서다. "서울에서만 사십 년 넘게 살았는데 한 번도 안 와봤지 뭐야?" 엘리베이터가 상승하는 일 분 가량의 시간 동안 누군가가 정적을 깬다. "요새는 다들 롯데타워에 가잖아." 누군가가 대답한다. 그는 생각한다. 실은 이곳으로 도망친 적이 있었지. 그때는 최상층 전망대에서 강을 내려다볼 수 있었어. 그리고 생각했다. 추락할까. 그 사이 강의 교량이 하나쯤 더 생겨났을까? 아니다. 잠정적으로 마지막인 교량이 아직도 건설 중이다. 하지만 다른 건물들은 세워졌다. 대부분 검거나 회색이거나 적색이다. 금색 건물은 다른 건물들에게 모르스부호로 이루어진 짧은 인사말을 송신할 것이다. .... ---

.-- / . -.-.. / -.-- --- ..- / -.. --- .. -. --.. --..? 그
러나 모르스부호에도 말줄임표가 있는가? 이미 줄였
는데. 간혹 강 위에서 매가 선회하고, 매는 늘 혼자 나
는데, 당산철교 지상 구간을 지나던 운 좋은 이들이
그 모습을 목격한다. "독수리 아니야?" 누군가가 외
치고, 모든 사람들의 고개가 일제히 외침의 방향을
따라간다. 소나기가 쏟아지고, 아직 오후이기에, 빛
이 있다. 빛의 산란 작용. 무지개가 뜨고, 누군가가 합
정역에서 내려 지상으로 발을 내딛는다. 모든 사람들
이 한 방향을 바라보고, 다들 휴대폰으로 하늘을 찍
고 있는데, 그들과 같은 쪽을 바라보면, 무지개가 있
다. 63빌딩은 금색이므로 무지개를 가리기보다는 반
사한다. 도로에는 물기가 남아 있고, 기사식당으로
향하는 택시 기사가 라디오 볼륨을 높인다. "다섯 시
오십칠 분, 교통정보입니다."

한정현

지금부터는 우리의 입장^{소설}
여기, 우리가 만나는 곳^{에세이}

지금부터는 우리의 입장[*]

영숙 이모와 배드민턴을 치러 가는 길이었다. 영숙 이모는 돌아가신 이모의 친구이면서 내 친구 윤서의 어머니이기도 하다. 서시천 공원으로 가면서 전화를 해보니 윤서는 군청 공무원 동기인 선재랑 역전할머니 맥주에 이제 막 자리를 잡고 앉았다고 했다. 그냥 둘이 가요, 이모. 나는 그렇게 영숙 이모와 둘이 배드민턴을 치러 갔다. 전화는 영숙 이모와 둘이서 한참 배드민턴을 치던 중에 걸려왔다.

"박두자 씨가…… 저희 엄마에게 보험금을 남기신 것 같아요."

*　　유계영 시집『지금부터는 나의 입장』에서 그 제목을 변용하였다.

전화를 받는 내 표정이 의아했는지 영숙 이모가 '무슨?' 하는 표정을 지어 보였다. 그러게, 이런 이야기는 들어본 적이 없어서…… 나는 말끝을 흐렸다. 하지만 며칠 뒤 보험회사와 통화를 한 후에는 그 모든 게 사실이라는 걸 알게 되었다.

"네, 박, 두, 자요. 아, 생년월일이요. 잠시만요. 주민증 확인 좀요. 우리 이모 생일이……1964년 12월 3일. 네, 돌아가셨어요. 그게, 저희 이모인 박두자 씨가 그…… 김선화 씨라는 분께 보험금을 남기셨다는 거죠?"

그리고 몇 주 후, 나는 보험금 수령인의 아들을 만나러 서울에 가게 되었다. 굳이 그 사람을 만나러 서울까지 가게 된 것은 이모의 마지막과 관련이 있었다. 이모인 박두자 씨는 죽기 직전 정신 질환을 앓았다. 그 때문에 많은 것들이 이모의 삶에서 소실되었다. 신기한 건 소실된 그 기억을 복원한 사람은 이모 자신이 아니라는 거다. 이모의 사라진 삶은 그 죽음을 따라온 사람들이 꺼내놓은 기억으로 복원되었다. 그러나 이번엔 반대였다. 내가 그 사람의 기억을 따라가야 했다.

내가 사는 곳에서 서울에 가는 기차는 하루에 세 대, 버스는 여섯 대 정도가 전부다. 정말 이모 일이 아니었으면 표를 끊다가 포기했을 것이다. 물론 다른 일상의 문제들도 있었다. 나는 생계를 위해 이런저런 일을 하고 있었다. 밤에는 이모의 차를 빌려 쿠팡 배달 일을 했고 낮에는 커피나 빵, 분식 등을 전기자전거로 배달하고 있었다. 쿠팡 일이야 내가 받지 않으면 그만이지만 문제는 낮에 하는 일이었다. 읍내의 서와 동을 도보로 30분이면 오갈 수 있는 작은 동네라 대체할 수 있는 사람이 드물었다. 이렇게 보면 확실히 사는 건 버스표를 끊는 것보다 어렵고 복잡하다. 하지만 서울을 떠올리면 마음이 심란한 것 중에 단연 이모가 있었다.

"이모에게 숨겨진 보험금 수령인이 있다고요?"

전화를 받은 날, 사실 내가 하고 싶은 말은 따로 있었다. '이모에게 친구가 있었다고요? 영숙 이모 말고요?' 나는 이 말이 하고 싶었다.

이모는 이 지역 최초의 여성 연구원으로 은퇴했다. 젊은 시절엔 여대의 학생회장 신분으로 삼팔선을 넘어서 외할머니가 옥바라지까지 했다던 이모. 이후

엔 고향인 이곳으로 내려와 지역사 연구를 시작했다고 한다. 하지만 연구자로 살면서도 이모는 젊은 시절 자신이 학생회장 출신이라는 것을 잊지 않겠다는 듯, 그 의지를 생활 전반을 통해서 보여주었다. 문제는 내가 보기엔 '뭐 저렇게까지……' 싶은 것들이 좀 있었다. 가령 평생 유지한 숏컷만 해도 그랬다. 이모는 미용실에 가면 항상 파마머리를 한 모델 사진을 한참이나 뒤적였다. 옷도 마찬가지였다. 쇼핑을 하면 밝고 화사한 옷을 보다가도 꼭 결제는 검은 옷으로 했다. 카카오톡 프로필은 주디스 버틀러가 '투쟁'을 외치고 있는 사진이었다. 이모가 지향했던 삶이 뭐였는지 잘 알지만 나는 그냥 이모가 자신이 원하는 삶을 살았으면 했다. 그래서일까. 여순반란사건부터 부마민주항쟁까지, 이모는 여성/여성노동 생존자 구술 복원이라는 대단한 연구 업적을 남겼다고 하지만, 정작 조카인 나는 이모의 연구서를 제대로 읽어본 적조차 없었다. 사실 나에게 이모의 연구는 그저 생활을 망치는 나쁜 습관처럼 느껴지곤 했다. 이모는 논문 쓰는 기간이면 몹시 예민해져서 온 집안의 불을 다 켜둔다거나 며칠 동안 과자만 주워 먹다 위경련을 일으

지금부터는 우리의 입장

키곤 했다. 물론 이모의 삶은 은퇴 후에도 참으로 파란만장했다. 아니, 어딘가 예측 불가능했다. 은퇴 후 이모는 주로 소개팅하는 것으로 시간을 보냈다. 분명 좋은 사람도 한 명쯤은 있었을 텐데, 내 기억에는 없어서 어느 순간부터 나는 이모가 걱정이었다. 게다가 그 소개팅에는 의아한 점이 많아 보였다. 이모는 딱히 누군가를 만나려는 눈치가 아니었다. 모 양궁선수의 숏컷에 대해 '그래도 공인인데 논란이 될 만한 일은 하지 말았어야지' 했다던 소개팅남과 대판 싸우고 온 날엔 그런 생각이 들기도 했다. 이모는…… 그냥 남들이 살면서 하는 일 중에 못 해본 일을 해보고 싶은 걸까. 그나마 다행인 건 이모가 읍내에 오래된 건물을 하나 산 것이었다. 하지만 내가 이모를 걱정할 처지는 아니었다. 나는 오래된 건물은커녕 이모 소유의 건물 맨 위층에 세를 사는 입장이었다. 그래도 이모는 내 인생에 대해 뭐라고 한 적이 없었다.

　이모는 서른 번째 소개팅을 마치고 오는 빗길에 사고가 났다. 나는 그날 볼빨간떡볶이와 와와분식 쫄면, 지리산 보리빵을 배달했었다. 국물이 조금 넘치긴 했지만 별 탈이 없었다. 다행히 이모의 수술 또한 잘 끝났었다. 하지만 지나고 보니 그 시간은 그저 병이 제 몸을 불리고 있던 어떤 순간들에 불과했던 것 같기도 하다.

"내가 보이세요?"

이모가 저 말을 처음 했던 순간을 기억한다. 그 순간엔 이모가 나를 놀리려 한다고 생각했다. 그것도 어린 시절 나를 혼내던 방법을 가지고 와서 말이다. 그렇게 생각한 데는 물론 다 이유가 있었다. 내가 네 살 무렵부터 이모는 나를 맡아 키웠다. 엄마가 사고로 죽고 중동에 있던 아빠가 현지에서 재혼하면서부터였다.

"그래도 형부 좋은 사람이야. 친자포기각서도 선선히 써주셨어. 그 권력 포기 못해서 옴짝달싹 못하게 하는 게 한국 법인데 말이야."

여성 노동자들의 삶을 연구해온 이모답게 이모는 공장 지대에서 주민등록이 말소된 여성들을 참 많이 봐왔다고 했다. 그들 중 일부는 가정 폭력에서 벗어나기 위해 스스로 주민등록을 말소한 사람도 있었다. 얼마 전까지만 해도 한국에서는 친자이기만 하면 부모가 자식의 주민등록등본을 열람할 수도 있어서 직장까지 찾아와 돈 달라 행패인 경우가 많았다고 하니까. 이모의 그런 말 덕분인지, 아니면 친자포기각서를 써주고도 생활비며 선물이며 편지까지 보내주는 아빠 덕분인지 나는 아빠도 엄마도 원망 없이 그리움만 조금 품은 채 자랄 수 있었다. 다만 어릴 때부터 몸이 아파도 이모에게 알리지 않고 혼자 끙끙 앓는 아이가 되었다. 내가 징징대면 이모가 나를 떠나버릴까 봐 무서웠던 것 같다. 하지만 그것을 알 턱이 없던 이모는 '너, 내가 어디 보이기나 하냐?' 며 섭섭해하곤 했다. 그러면서도 나를 업고 응급실까지 몇 번이고 뛰어갔었다. '어차피 나 논문 쓰느라 안 자고 있었거든?' 이렇게 말하면서…… 하필 그날에도 나는 어린 시절처럼 경사에서 미끄러지고도 말을 하지 않았다. "그게 이모, 이건 크게 다친 게 아니라서……" 며칠의 대치 끝에 내가 먼저 이실직고를 위해 입을 열었을 때였다.

"하지만 나는 이미 죽은 사람입니다, 인간이 아니라 영혼이에요."

이건 또 무슨 드라마에 나온 대사인 걸까. 연구자라고 하면 책만 읽을 것 같지만 이모의 최대 오락은 드라마 시청이었다. 물론 동료와 후배들 앞에선 벤야민이니 바우만이니 버틀러니 책만 읽고 사는 사람처럼 굴었지만 말이다. 하지만 이모의 자칭 영혼론은 그날이 마지막이 아니었다. 계속되는 영혼론에 지친 나는 결국 이모를 병원에 데리고 갈 결심을 했다. 이모가 생전의 마지막 장소가 기억나지 않는다고 하기에 이건 기회다 싶었다. 나는 이모의 수술을 맡았던 의사에게 어떤 실마리라도 듣고 싶었다.

"그게…… 박두자 님의 경우가 흔한 일은 절대 아닙니다만. 코타르 증후군으로 예상됩니다."

"네? 무슨, 무슨 증후군이요?"

"그게, 쥘 코타르라는 사람이 발견해서 그렇게 이름 붙여진 아주 희귀 질병인데요. 주로 외상 후 스트레스 장애로 나타난다는 사례가 있습니다. 한국의 경우엔 성범죄를 당한 사람들에게서 나타난 사례가 있고. 외국의 경우로 넓혀보면 주로 큰 사고를 당했다든지, 깊은 절망감에 빠질 만한 충격이랄지, 그런 이유로요. 하지만 사실 굉장히 희귀한 질병이다 보니 정확한 원인은 아직 모릅니다."

"하지만 우리 이모가 무슨…… 평생 온갖 까칠은 다 부리고 사신 양반인데…… 아니, 선생님, 그러면 그, 코타르…… 코타르 증후군의 증상은 그러면."

"글쎄요, 가족이라도 당사자만이 아는 슬픔도 있는 거니까요. 이 질환의 증상은 **본인이 죽었다고 생각하는 겁니다. 영혼이라고 생각하는 거죠.** 어떤 이들은 이미 자신이 장기가 사라졌다고 느끼기도 합니다."

당사자만이 아는 슬픔, 이라는 말에 나는 순간 입을 다물었다. 하지만 역시나 낯설었다. 자신이 이 세상에 없는 존재라고 확신하는 병이라니…… 그로부터 이모가 요양병원에 들어가기까지 1년여를 나는 자신을 영혼이라고 주장하는 죽은 이모와 함께 살았다. 자칭 영혼, 죽은 이모. 아니, 죽었지만 산 이모. 어느 쪽이 진짜인지는 모르겠다. 다만 이모는 그제야 자신의 '생전 이야기'를 시작했다.

"나 생전에 말이에요."

"응? 이모? 아…… 그게, 제가 깜박했어요. 마치

살아계신 분 같아서. 아, 아니에요. 말씀 계속하세요."

"죽은 사람도 가끔은 기억에 남잖아요. 한 번에 사라지는 게 아니라…… 저기, 그나저나 말이에요. 이런 걸 뭐라고 하면 좋을까요. 그런 걸 아름답다고 해야 하나……"

"뭐가요?"

"나 그 백화점 지하 1층에서 일할 때, 건너편 백화점 1층에서 일하던 그 언니요."

"그 언니? 그분? 무슨 매장이요?"

얼핏 이모가 한창 학생운동 하던 시기에 위장 취업을 했다는 이야기를 들은 적이 있었다. 영숙 이모로부터였다. 그때는 그게 학생운동을 하는 사람들의 의무 같은 것이기도 했다나. 하지만 80년대도 아니고 90년대에, 그것도 공장도 아닌 백화점에 위장 취업이라니…….

"나, 이제 죽었으니까 다 말할래요. 내가 거기서 일하면서 정말 많이 울었거든요."

"울어요?"

"네, 나 조금 웃기죠? 사실 거기 당장 나와도 먹고살 수 있었는데…… 나, 그때 위장 취업했거든요.

물론 그때는 정말 대의를 위해서였지만요. 근데 그때 알았어요. 내가 얼마나 나약한, 책에 있는 지식만 있던 사람인지."

"왜요?"

"난 거기서 지하 1층 담당이었거든요. 지하 1층 화장실요. 맨날 지하에 있으니까 우리끼리 지하 1층을 귀신 소굴이라고 불렀어요. 청소하는 애들은 정문으로 못 다녔거든요. 밥도 백화점 식당에서는 못 먹게 하고요."

"그럼, 그 언니라는 분도 같이 일했어요?"

"아뇨, 그 언니는 건너 그 백화점요. 강남에서 제일 큰 백화점이었는데, 거기가……"

나는 어린 시절로 돌아갔다. 그때 이모와 내가 서울에서 살던 곳은 강남이었다. 어리니까 이모가 뭘 하고 다니는지는 전혀 모르던 시절. 강남이라고 하면 사람들은 아파트 단지를 떠올릴 것이다. 하지만 우리는 그냥 주택에 살았었다. 엄마와 이모가 서울에 올라와 처음 자리를 잡은 곳이 강남이었기 때문에 살수 있었던 것이지, 지금이라면 언저리도 못 갔을 것이다. 역시 나와 이모 같은 사람들은 그때도 참 여러모로 애매한 사람들이었다. 그런데 그 백화점이 무너졌을 때라면…… 이모가 말없이 오래 신문을 쥐고 있던 때가 있었다. 그 신문에 쓰인 글자들도 기억에 있다. 돈 많은 여자들이 좋아하던 강남 최대의 백화점, 이라는 글자를 마주하던 이모의 얼굴엔 핏기라곤 없어 보였다. 한참 만에야 이모는 아주 작은 목소리로, "백화점에 얼마나 많은 여자들이 있는데, 얼마나 많은 사람들이 있는데. 파는 사람도 있고 청소하는 사람도 많은데……" 이렇게 중얼거렸었다. 하지만 그날 이후 이모가 그 사건에 대해 말했는지는 기억나지 않는다. 가끔 그날 말이 떠올라도 그저 연구자인 이모가 할 법한 이야기 정도로 생각했을 것이다. 전문가의 의견이라면 더 들어야 하는 거 아닌가, 하겠지만 이런 아이러니는 인생 전반에 참으로 많다. 지금도 살아 있는 이모가 아닌 죽은 이모의 말을 더 경청하는 셈이니까.

"저, 그럼 이모는…… 아니, 그러니까…… 뭐라고 제가 호칭을 불러드려야 할지 몰라서요. 이름을 기억 못 하신다고 하시니까."

"하나 지어주세요."

"네?"

"성함이 김강, 씨라고 했죠? 멋지네요. 저도 이름 하나 지어주세요."

의사가 말하길 코타르 증후군은 인지 장애의 한 증상일 수도 있다고 했다. 당장은 아니더라도 훗날 치매로 발전할 가능성이 있는 병이라고도 했었다. 하지만 확실히 또 치매는 아니어서 기억의 어떤 부분만 기이할 뿐이지 흔히 생각하는 치매의 증상을 보이진 않았다. 내가 이모의 다정한 모습을 의아해하자 의사는, 심지어 치매라는 것도 사람에 따라서는 흐트러진 모습이 아닌, 다정하고 단정한 모습으로 나타날 수 있다고 했다. '과거의 억압 기제가 분출되는 방향으로 가는 것이죠.' 치매인지 정말 코타르 증후군인지는 모르겠지만, 이모는 생전의 일은 전부 잊은 사람처럼 아주 친절한 모습이었다. 아니, 이모 진짜의 모습을 죽어서야 드러낸 것인지도 몰랐다. 그렇게 이모의 기억 속에 남은 생전의 사람은 그 언니 한 명이었다. 그런 이모의 모습을 보고 있으면 한편으로는 섭섭하기도 했고 또 어떤 면에서는 애틋하기도 했지만, 그러나 역시 삶은 기억만으로 이뤄지는 건 또 아니다. 비록 이모의 마음에서 이모는 죽었겠지만, 현실에서 이모는 진짜 죽은 것이 아니니까. 그렇기에 이모에겐 기억뿐 아니라 이름도 필요했다.

"저, 자영이 어떠세요?"

사실 자영이는 자칭 영혼의 줄임말이었다. 나는 다시 한번 얼결에 스스로 자, 꽃부리 영을 쓰는 이름이라고 대답했고, 그러자 이모는 "어머나. 스스로 꽃이 된 사람이라니요…… 그것도 제가……" 이렇게 말끝까지 흐리며 좋아했다. 이모의 그 감격은 거짓이 아니었다. 그러니까 그때부터였다. 생전의 박두자 이모, 사후의 자영 씨는 나에게 더욱 많은 이야기를 들려주기 시작했다. 가령, 이런 거였다.

길 건너에 아이스크림 할인 매장이 생겨 투게더하프를 사 온 날이었을 것이다. 나는 자영 씨에게 투게더를 한 스쿱 떠서 그릇에 담아주었다. 곰곰이 생각하다 투게더 위에 내가 마시려던 에스프레소도 좀 부어보았다. 자신이 죽은 사람이라고 주장하는 이모를 데리고 카페나 그럴 듯한 디저트 가게를 가긴 좀 힘든 시기였는데 내 기억 속 이모는 워낙 취향이 확고한 사람이었다. 나는 최대한 이모의 취향에 좀 맞추고 싶었다. 아이스크림과 에스프레소를 넉넉하게 넣어서인지 파는 아포가토에 뒤지지 않는 맛이 되었는데 이모는 정작 다른 것에 반색했다.

"이거 보니까 다방에서 먹던 아이스크림 떠오르네요. 김강 씨. 예전 다방에서요."

어라, 90년대 초에도 아포가토를 팔았나, 싶었는데 자영 씨의 생전 이야기를 조금 더 들어보니 사정은 이러했다. 90년대 초, 강남에 이제 막 다방이 아닌 카페가 하나둘 생기기 시작했던 무렵이었다. 하루는 퇴근길에 그 언니라는 사람이 이모에게 꼭 같이 갈 곳이 있다면서 목적지도 말해주지 않고 앞장섰다. 그날은 이모가 담당자에게 호되게 꾸중을 들은 날이기도 했다. 지하 1층 화장실 청소 노동자들은 백화점 정문으로도 나서면 안 되고 1층 화장실도 쓰면 안 되는데 이모가 너무 급해서 1층 화장실을 쓴 게 화근이었다. 화장실에서 나오던 이모는 매니저와 마주쳤다. '니네는 여기서 귀신이야, 알아? 어디 인간이 쓰는 화장실을 가?' 그런데 참 신기한 일이었다. 평소의 이모라면 부당함을 따졌을 텐데 그날은 저절로 고개가 숙여졌다. 그 기묘한 가스라이팅에 이모의 마음이 죽어가고 있었던 거다. 그래서 그날, 그러니까 그 언니라는 사람이 자신이 일하던 백화점 5층 카페에 이모를 데려간 날, 이모는 차고 단 아이스크림을 먹는 순간 왜인지 눈물이 차올랐다고 한다. 이모가 울었다니, 나는 가까스로 나의 합리적 의심을 숨기고 이유를 물었는데 듣다 보니 나마저도 조금 울적해지는 그런 거였다. 그러니까 그날 이모는 바닐라 아이스크림을 너무 오랜만에 먹었고 정말이지 너무나 맛있어서, 자신은 이런 거 안 먹고는 못 살 것 같은데 그러면 변절자라는 욕을 먹을 것 같았다. 그러면 자신의 친구들이 모두 자신을 두고 가버릴 것 같았다. 그냥, 그 모든 게 다 너무 어려운 것 같아서 울음이 터졌던 거다.

"이미 마음으로는 나…… 그만두고 싶었던 것 같아요. 위선이었죠, 사실…… 내가 그 사람들의 마음을, 처지를 다 이해한다는 게. 근데 그냥 그걸 인정 안 하고 싶었던 것 같아요. 윤리 때문도 아니고 도덕 때문도 아니고…… 변절자라는 말 듣는 게 무서웠을 거예요."

그런 이모의 마음을 알 리가 없는 그 언니는 가만 그런 이모의 눈물을 보다가 손수건을 꺼내어 건네며 말했다.

"네 속내를 내보이는 거, 그거 정말 어려운 일인데 이렇게 내 앞에서 솔직하게 울어줘서 고마워."

이렇게 말하는 그 언니를 보며 우리의 자영 씨, 그러니까 이모는 더욱더 대성통곡을 했다. 어떻게 보면 사람은 자신을 웃게 해주는 사람보다 울게 해주는 사람을 기다리는 것인지도 몰랐다. 나이가 들면 들수록 누군가 앞에서 운다는 건 쉬운 일이 아니니까. 그런데 그 눈물은 다른 효과도 함께 가져왔다. 이모의 통곡에 그만 그 언니가 건네준 커피를 아이스크림 그릇에 쏟고 말았던 것이다. 동그란 바닐라 아이스크림이 커피에 동동 떠다니는 걸 보면서 이모는 눈물이 뚝 멈췄고 대신 웃음이 터졌다고 했다. 그리고 그런 이모를 보면서 그 언니도 웃음을 터트렸다고. 잘 웃지 않은 언니였는데, 하며 미소 짓는 자영 씨를 보니 나마저도 웃음이 나왔고 그래서 어느 날은 내가 자영 씨에게 먼저 물었다. 자영 씨는 그 언니 만나면 어떤 게 좋았는지 말이다.

"바로 이런 거요."

"네?"

"지금처럼, 내 이름 불러주는 것이요. 사실 그때, 사람들이 서로 다 매장 이름으로 부르고 그랬어요. 나는 지하 1층 화장실이었으니까 그냥 지하 1층. 그런 곳에서 그 언니만 이름을 불러준 기억이 있네요. 안타깝게도 그 언니가 만들어준 이름은 지금 기억이 없지만……"

"네? 아니…… 아무리 그래도 왜 사람을 그렇게 불러요. 노조도 없었어요?"

나는 말을 해놓고 머쓱했다. 시시티브이는 있을리가 없었고 노조도, 과연 있었을까. 서울에 있었을때 내가 다니던 회사를 떠올렸다. 이모가 대학원까지 보내줬지만 공부와는 뜻이 안 맞았던 나는 일찌감치 홍보회사에 취직했었다. 외적으로는 젊은 회사 이미지였지만 내적으로는 사내 왕따에 위계가 분명한 곳이기도 했다. 노조는 대표가 관리하고 있었다. 친구들에게 이런 이야기를 하면 모두 너무나 흔한 이야기라는 듯 길게 진행되지도 않고 자연스레 다른 이야기로 옮겨가곤 했었다. 언제부터 우리 다들 그랬을까, 이미 내가 많이 듣고 보고도 나는 내 주위에서는 전혀 없을 일로만 여겼던 건지도 몰랐다. 백화점도 마찬가지였을 것이다. 거긴 사는 사람뿐 아니라 파는 사람도 있을 것이다. 이런저런 이름들은 정말 많이 들어봤지만 거기서 일하는 사람들에 관한 이야기는 들어본 적이 없었다.

"저, 자영 씨. 혹시 그럼 그 언니는 뭐라고 불렸어요? 그 언니 이름은 기억 나요?"

자영 씨는 고개를 저었다. 그 언니 이름도 기억에서 사라진 걸까, 이모의 소실된 기억을 걱정하는 나에게 자영 씨는 불쑥 그 이름을 말하면 안 될 것 같다고 했었다.

"왜요? 그 언니 이름 말하면 안 되는 이유라도 있어요?"

"그냥. 저기, 강이 씨. 대신 다른 거 말하면 안 되나요?"

"다른, 다른 거 어떤 거요?"

"그냥, 내가 좋아했던 꽃 이름 같은 거. 나 수선화 좋아했거든요. 선화."

나는 그때 이모가, 아니 자영 씨가 꺼냈던 뜬금없는 꽃 이야기에 고개를 갸웃했었다. 일단 이모가 꽃을 좋아했나 싶어서였다. 흔한 화병 하나도 없는 게 나와 이모가 살던 집이었다. 이모는 모든 여성스러움을 거부하던 사람이었다. 이모가 지나간 자리마다 투쟁이라는 글자가 하울링처럼 들리는 것 같기도했다. 그런 사람이 웬 꽃? 게다가 좋아하는 사람 이야기하랬더니 꽃은 왜…… 하지만 돌이켜보니 이모가그날 시작했던 건 확실히 생전의 '사랑 이야기'였던거다. 선화 씨에 대한 사랑이야기. 소개팅 이야기도아니고 학생운동 후일담도 아니고, 지식인 여성의 자아 성찰도 아닌 그저 사랑 이야기.

"그럼 자영 씨는, 그 언니를……"

"내가, 좋아했어요."

수선화를 좋아했다는 전생 이모 사후 자영 씨의표정은 그 어느 때보다 진지했다. 그래서 차마 나는더 묻지 못했는지도 모르겠다. 그것이 모두 진실일까봐…….

"이모, 아니 자영 씨. 나도 내 사랑 이야기해줄까?"

나는 어느 날 거실에서 생전 이야기를 하다 잠이 든 이모의 등에 대고 그렇게 중얼거렸다. 자영 씨가 된 이모는 잠을 정말 잘 잤다. 살아서는 밤에 주로 논문을 쓰며 스트레스에 시달리다 보니 불면증이 지독하던 사람이었다. 사람들은 이모의 구술 채록과 논문을 보며, 이모가 정말 좋은 일 한다고들 했지만 내가 본 이모의 삶은 그 좋은 일만큼 좋지는 못했다. 이모가 만난 여성 생존자들은 대부분 무수한 폭력에 노출된 분들이었다. 이모는 그들의 증언을 들으면서 분노와 체념과 억울함에 몸서리쳤고 그걸 정리할 때면 식사를 하지 못할 만큼 고통스러워했다. 내가 이모의 논문을 읽지 않은 건 사실 그 이유도 있었다. 나는 이모가 타인들의 이야기를 이제 그만 들어주길 바랐다. 물론 그것이 이모만의 투쟁 방식이라는 것도 알았지만 내가 보기에 세상은 끄떡도 없는 것 같았다. 나에게는 이모가 더 소중했다. 그런데 이모의 불면증은 예상외로 쉽게 고쳐졌다. 병원에서 처방해준 약에 든 수면제와 생전 말하지 못한 사랑 고백은 평생 잠들지 못했던 이모의 사후를 편안하게 해주었던 것이다. 그리고 그런 이모를 보니, 나도 자꾸만 이모에게 내 사랑 이야기를 하고 싶어졌다. 나도 편해지고 싶었던 걸까. 그건 잘 모르겠다. 다만, 그 이야기를 꺼내려고 하면 이렇게 말하던 그 얼굴과 말이 떠올랐다.

"김강. 네가 사랑이 어딨어? 아무것도 못 느끼는 네가?"

5년 전, 내가 사랑했던 사람이 나를 부정하던 그 말들. 하지만 마지막까지 나는 이모에게 내가 무성애자였음을 고백하지 못했다. 내 이야기를 이모에게 했다면, 나도 조금은 덜 외로웠을까. 물론 이 생각도 이모가 죽고 난 후에야 했다. 산 사람보다 죽은 사람을 더 믿고 내 이야기를 하려고 했다니……. 사람이 죽은 후에야 선명해진 건 나와 이모의 그런 관계뿐만이 아니었다. 나 또한 그렇게 이모가 죽고 난 후에야 기억 하나를 선명하게 건져 올릴 수 있었다.

그렇게, 기억이 났다.

김선화라면.

전화로 들을 때는 낯익다 싶으면서도 흔한 이름이라 그러려니 했는데 막상 문서로 받아보니 그 이름이 눈에 잘 들어왔다. 김선화. 이모가 분명하게 발음하던 수선화, 아니, 선화. 단지 이름을 문서로 확인한 것뿐이었는데도 나는 손이 떨려왔다.

그렇게 전화를 받은 날, 나와 영숙 이모는 배드민턴을 접고 역전할머니맥주로 달려갔다. 서시천에서 별로 멀지 않은 명지아파트 근처였기에 가능했다. 그러고는 윤서와 선재랑 약속이나 한 듯 그 자리에 합석했다. 윤서는 자연스럽게 벨을 눌러 오백 두 잔을 추가했다.

"그러니까, 김선화라는 사람을 너는 모른다는 거지?"

"어, 영숙 이모, 그니까 윤서 너희 엄마도 모르시고 나도 몰라. 두자 씨는 알 텐데 정말 죽었어. 이제."

"이런 경우 너한테 권리가 있나?"

"입양 안 해서 나 법적으로는 그냥 조카야. 그리고…… 그 돈이야 이모 돈인데 내가 뭐 굳이. 야. 근데 선재 너나 윤서 쟤나 군청 총무과 다니면 이런 거 좀 잘 알지 않냐?"

"우리 변호사 아니고요, 국가직 7급 공무원 시험 본 사람들입니다. 맞다. 강이 너 저번에 대학원 동기 중에 연구하면서 부업으로 타로 본다는 사람 이야기 하지 않았어? 친분 있으면 더 말하기 편하잖아. 아닌가…… 거리감 있어야 좋나?"

"어, 맞아, 있어, 선재야. 근데 그 애는 전생만 본대. 죽은 사람의 전생."

"어라, 특이하네. 그나저나 그럼 더 자영 씨랑, 아니. 니네 이모랑 찰떡 아닌가. 전생을 궁금해하다가 돌아가신 거잖아."

나와 윤서와 선재의 이야기는 거기까지였다. 그때까지 묵묵히 맥주를 마시던 영숙 이모가 갑자기 오백 잔을 탁 소리 나게 놓았다. 영숙 이모는 조금은 단호한 표정으로 그렇게 말했다.

"내가 법하고 신은 좀 모르지만 두자 마음은 알겠어. 그냥 김선화 씨가 주인이야."

그래도 이모가 죽을 때까지 함께 산 건 김강이라고 말하는 윤서와 선재의 타박에도 꿋꿋한 표정의 영숙 이모를 보면서 나는 조금 웃었던 것 같다. 그런데 난 영숙 이모 말이 일리가 있다고 느꼈다. 이런 말 하면 안 믿을지 모르겠지만 나는 보험금은 별 관심이 없었다. 배달 일로 생계는 어떻게든 꾸릴 수 있었고 이모가 남겨준 낡은 건물이 생기면서 갑자기 이 작은 읍의 유지가 된 기분도 느꼈으니까. 그러니 이유는 정말 다른 거였다.

이모가 사랑했던 사람이 있다는 것.

그래서 더욱, 연락해온 김선화 씨의 아들을 만나

야겠다는 생각이 들었다. 일단 그 정도만 생각하기로 했다.

서울 가는 날, 버스 터미널 주위는 온통 조팝나무 천지였다. 조팝과 이팝을 헷갈리던 나는 일전에 국립수목원 트위터 계정으로 문의를 한 적이 있었다. 그날은 배달이 많았던 날이라 낮 동안에는 잊고 있다가 저녁 집에 돌아와서야 답이 온 걸 알았다. 기뻤다. 이유는 하나였다. 내가 분명히 여기 있기에 누군가로부터 답장을 받은 것 같아서였다. 그 뒤 조팝나무가 더 좋아졌다. 절대 헷갈리지도 않았다.

"어? 어디 가세요?"

한참 조팝나무를 보느라 고개를 젖힌 자세로 두리번거릴 때였다. 지난해 겨울 읍사무소 뒷길에 이사 온 강오 씨였다. 이사 온 날 상설시장 근처 지리산 떡집에서 주문한 호박설기를 이웃집 대문에 하나씩 걸어뒀다던 강오 씨. 비닐봉지 속엔 고운 글씨로 "잘 부탁드립니다. 살러 왔습니다." 하고 적혀 있었다고 한다. 강오 씨는 또 다른 청년과 함께 살고 있었다. 나는 두 사람이 추운 겨울날, 같은 장갑을 낀 손을 맞잡고 있거나 붕어빵을 사기 위해 서로의 어깨에 기대 줄을 서는 게 좋아 보였다. 하지만 한편으로는, 사람들이 뭐라고 할까 봐 혼자 걱정했다. 물론 내 걱정이 무색하게도, 그들이 사는 골목의 할머니들은 그저, "아이고 말끔한 청년들이 다 왔네." 하는 게 전부였다. 그러고 보니 할머니들은 옆집에 어떤 아주머니가 홀로 이사를 왔을 때도, 내가 이 동네로 살러 왔을 때도 비슷한 반응이었다. 무조건 추임새는 "아이고, 청년들이 오니까 아주 길이 젊어" 이거였다.

"아. 강오 씨였구나. 저 잠시 서울 좀 다녀오려고요."

"저는 조팝나무 보고 계시길래 그냥 산책하시는 줄 알고요."

"제가 짐이 좀 없죠? 어, 그런데 오늘 다른 한 분은……"

"명선이요? 사실 오늘 저 일하는 식당에 제 친구들 내려오는데 그거 준비하려고 먼저 식당 가 있어요. 강이 씨 초대하려고 했었는데."

"맞다. 애인 분 성함 명선 씨라고 했죠. 저 진짜 편견 있나 봐요, 명선이, 하면 왜 자꾸 여자 이름이라고만 생각하는지요."

"그럴 수 있죠, 뭐. 저도 강이 씨 이름 처음 들었을 때 어라, 남자 이름이다. 이렇게 생각했는데요?"

"그런가요? 하긴, 김강. 어릴 때 놀림 많이 받았는데. 참, 근데 내려오신다는 분들은, 서울에 그 시인 친구들이요? 오늘도 낭독회 같은 거 해요?"

"아뇨, 이번엔 결혼식."

결혼식이요? 결혼식이라는데 바로 축하해요! 하지 않고 되묻는 사람이라니……

"네, 신부만 셋인 결혼식이에요."

내 표정이 의아했는지 강오 씨는 "일단 와보시면 알아요, 꼭 오세요."라고, 짧게 깎은 뒷머리를 한번쓱 매만지며 웃어 보였다. 그러고 보니 나도 대학 다닐 때 숏컷을 한 적이 있었다. 이유는 없이 그냥 시원할 것 같아서. 하지만 이내, 여자가 숏컷 하면 오해받는다? 하던 남자 선배들, 술자리 얼굴들이 떠올랐다. 생각에 잠겨 있던 나는, 퍼뜩 사진 하나 찍어서 바로 드릴게요! 하는 강오 씨의 목소리에 고개를 들었다. 강오 씨가 오래된 모델의 폴라로이드 사진기를 흔들어 보였다.

"강이 씨, 저 여기 와서는 사람 사진도 많이 찍게 되네요. 엊그제는 저기 읍사무소 근처서 대사리 수제비 먹고 정자에서 명선이랑 같이 커플 사진도 찍고요."

이곳에 내려온 후에야 애인인 명선 씨랑 사진을 찍는다는 강오 씨, 그리고 이제는 명선 씨에게 부탁해서 자기 사진도 좀 찍기 시작했단다. 나는 강오 씨가 준 사진을 가만히 들어보았다. 흐릿했던 폴라로이드 사진속에서 나와 조팝나무가 살아나고 있었다.

"강이 씨, 혹시 너무 늦으시면 저희 인스타로 라방 할 수도 있거든요? 라방이라도 꼭!"

인스타그램으로 생중계되는 결혼식이라. 어쩐지 좀 멋있는데? 나의 결혼에 대한 기억은 별로였지만, 다른 사람들의 결혼은 즐거웠으면 좋겠다 싶었다. 서울에 가는 길이라 더 그런 생각이 들었는지도 모르겠다. 이모의 일도 나를 심란하게 했지만, 역시나 서울을 떠나온 사람답게 서울 그 자체가 달갑지 않기도 했다. 아니, 서울이 아니라 서울의 어떤 기억이라 해야 맞을 것이다. 바로 나의 결혼에 대한 기억, 아니 결혼 상대자에 대한 기억.

"그거, 불감증 아니야?"

　　5년 전, 나는 결혼식장까지 잡아두었던 애인에게 이별 통보를 받았다. 무성애라는 걸 아무리 설명해도 애인은 받아들이지 못했다. 그저 딴 남자가 있어서 그런 거라고 남자는 말하곤 했다. 하지만 정말 그게 아니었다. 실은 나조차 자각하지 못했기에 말하지 못한 것뿐이었다. 처음엔 내 말이 갑작스러울 거라 생각해서 설득하려고 노력했었다. 하지만 불감증으로 병원을 예약했다는 걸 안 그날, 나는 분명하게 고개를 저어야만 했다.

　　"김강. 그걸 못 하는 사람이 어딨어? 섹스 욕망이 없는 게 사랑이야? 친구랑 뭐가 달라?"

　　섹스에 대한 욕망이 없을 뿐 나는 어떤 날엔 그가 앉았다 일어난 자리에 느껴지는 온기조차도 애틋할 만큼 그를 사랑했다. 그래서 이별 직후 나는 조금 많이 울었다. 하지만 일상은 일상대로 움직여야 했으니, 그날도 나는 출근을 위해 마음을 겨우 추슬러 지하철을 탔다. 처음엔 누군가 그저 쇼핑백 같은 것으로 내 엉덩이를 치고 간다고 생각했는데 그게 뭐랄까, 지속적이고 반복적이었다. 곁눈질로 본 늦은 시간 지하철엔 사람이 거의 없었다. 그나마 있는 사람도 꾸벅꾸벅 조는 사람들이 전부였다. 막상 그런 상황이 오자 소리조차 지를 수가 없었다. 그런데 왜였을까, 그 순간 헤어진 애인의 그 음성이 떠다녔다. "불감증과 무성애는 완전히 다른 거야, 무성애는 질병 같은 게 아니야." 내 말을 못 들은 척하며 내 몸을 더듬던 애인의 얼굴이 떠올랐다. "너 어차피 못 느낀다며. 너 같은 인간이 어딨어?" 갑자기 호흡이 가빠졌고 누군가 내 목을 조르는 것처럼 답답했다.

정신을 차려보니 응급실이었다. 응급실에서는 다행히 다친 곳이 없다며 퇴원 수속을 해주었지만 문제는 그날 이후였다. 다음 날 여느 때처럼 지하철역으로 향한 나는 입구 계단에서 한동안 물끄러미 아래를 바라보며 서 있었다. 평소라면 시간을 아끼기 위해 종종걸음으로 내려갔을 터였다. 그때 누군가의 가방이 가만히 서 있던 내 몸을 툭 밀치며 지나쳤다. 또 다른 누군가의 팔이 내 팔을 훑고 지나쳤다. "아가씨, 분명히 아가씨 몸을 만진 게 맞아요?" "좀 예민하신 편 아니에요? 지하철에 사람이 얼마나 많은데 그걸

장담해요?" 이후 찾아간 경찰서에서는 그런 대답을 들었다. 무성애 관련해서 상담을 받은 정신과 기록이 예민함을 입증하는 증거가 된다는 건 그때 처음 알았다. 차라리 그냥 모르는 척 살았다면 나는 예민한 사람이 되지 않았던 걸까. 나는 지하철역 입구에서 서서히 뒷걸음질 쳤다. 그 뒤 나는 지하철을 탈 수가 없었다. 차도 없는 내가 대중교통을 이용하지 못하게 되면서 나는 우선 일을 할 수 없는 인간이 되었다. 돈을 벌 수 없는 인간이라는 건 사회에서 그다지 소중하지 않는 것처럼 보였다. 종일, 그렇게 아무도 말도 하지 않은 채, 어디도 갈 수 없게 되자 내게 서울은 한없이 좁아졌다. 그때, 전화를 걸어온 이모는 아무것도 묻지 않고 이렇게 말했었다.

"김강. 일단 살고 보자, 이것아."

그런데, 이모. 정작 그런 이모는 죽어서야 말하는 건 또 뭐야? 나를 살리겠다고 불러놓고 본인은 죽다니. 거기까지 생각했을 때, 버스는 출발했고 멍하니 창밖을 바라보던 나는 이모와 했던 이야기가 문득 떠올랐다. 이모가 자영이가 된 지 두 달 남짓이었을 때다. 그날 자영 씨는 가수 경연 방송인 〈미스터트롯〉

에 투표하는 법을 배우고 있었다.

"자영 씨. 그냥 마음을 보내세요. 사랑은 눈에 보이지 않아도 다 존재하는 거에요."

나의 점잖은 충고에도 이모의 사랑론은 좀 투철했다. 자고로 최애라고 말하려면 주머니에 돈을 꽂아줘야 한다는 거였다. 누가 데이트 때마다 아저씨들 레스토랑에만 데리고 간 사람 아니랄까 봐…… 내 속을 아는지 모르는지, 모니터에 뜬 투표 결과를 유심히 보던 이모가 무언가 생각난 사람처럼 내 옆에 쪼그리고 앉았다.

"저기, 부탁 하나만 해도 될까요? 산 사람 부탁은 어려워도 죽은 사람 부탁 들어주는 건 괜찮겠지, 싶어서 그래요."

"자영 씨, 미스터트롯 말고 또 뭐 필요한 거 있어요?"

"필요한 것은 없지만…… 그 언니가 다녔던 **그** 백화점 말이에요. 거기 이제 어떻게 됐는지 인터넷으로 좀 봐주면 안 돼요?"

이모는 그 백화점이 왜 보고 싶은 걸까 싶으면서도 구글에서 그 백화점이 있던 자리를 찾았다. 하지만 당연하게도 그 백화점에 대한 건 볼 수가 없었다. 이제 그 백화점의 위령비도 양재시민공원으로 옮겨진 후였다.

"하나도 모르겠네요, 거기 그 자리에 그 백화점이 있는 것도 이제는 모르겠어⋯⋯."

그날, 이모가 너무나 실망한 표정이어서 그랬던 걸까. 나는 잠시 볼에 바람을 넣었다 빼며 이모에게 오래 생각했던 말 하나를 꺼내어 보았다.

"자영 씨, 혹시 백화점에서 무슨 일이 있으셨어요? 그 언니라는 사람하고요."

이모는 내 물음에 잠시 말이 없었다. 이모는 쪼그리고 앉았던 자리에서 무릎을 가슴에 붙이고 몸을 웅크렸다.

"강 씨, 그 백화점 1층 말이에요. 지금은 모르겠는데, 예전엔 무조건 명품매장이었거든요. 그러면 자리를 못 비워요. 거기서 1순위는 명품이고 2순위는 돈을 가진 고객이에요. 일하는 사람들은 정말 죽어도 거기서 죽어야 한다고들 했던 곳이었고⋯⋯누가 물건 훔쳐 가기라도 하면 거기서 일하는 사람들이 다 물어야 했거든요."

"자영 씨, 그런데 자영 씨는 다른 백화점 지하 1층에서 일했고 그 언니만 그 백화점 1층에서 일하셨다고 했었는데요. 그런데 갑자기 거긴 왜⋯⋯"

내 말에도 이모의 답은 그게 전부였다. 나는 그날 밤 네이버 뉴스 라이브러리에서 그 백화점 이름을 키워드로 검색했다. 그 백화점 이름을 넣고 연도를 조정하여 나온 기사들의 내용은 물론 구조에 관한 것이 대부분이었다. 하지만 시간이 흐르자 구조된 사람들과 죽은 사람들의 이야기 대신 다른 이야기들이 들어서기 시작했다. 사치 풍조가 만연하여 여성들의 백화점 쇼핑이 늘었고 이것이 참사를 키웠다는 내용이었다. 처음엔 그 기사들이 옳다는 생각을 했었다. 백화점 측을 비난하는 것 같아서였다. 하지만 그런 기사들은 볼수록 의아한 마음이 생겨났다. 백화점 사측이 아니라 백화점을 이용한 사람들에 대한 비난이었으니까, 무엇보다 그곳에서 일한 노동자들의 사연은 거의 없었다. 그 백화점 노동자의 대부분은 백화점이라는 특성에 맞춰 여성 노동자들이었다. 그들은 마지막까지 자리를 지켜야 했기에 거의 대피하지 못했다. 나는 그날부터 기사를 하나씩 스크랩했다. 아직 백화점이 있던 시기의 사진도 구해서 저장했다. 내가 어떤 기억들을 저장하기 시작했을 때 그러나 이모의 생전 이야기는 점차 줄어들고 있었다. 정말 죽음에 가까운 사람처럼, 이모는 잠을 많이 잤고 내내 침묵할 때가 많았다.

'그런데, 이모는 왜 위장 취업까지 해놓고 논문은 쓰지 않은 걸까. 그때의 일은⋯⋯'

나는 시간이 지날수록 그것이 궁금했지만 묻지는 않았다. 이모가 다시 이야기를 시작한 건 죽기 얼마 전이었다.

"김강 씨. 사실 나, 그날. 그 언니를 찾아다녔어요. 사고가 났다는 소리를, 나는 고속버스터미널 대합실 텔레비전으로 봤거든요. 집에 텔레비전이 없어서, 늦게. 늦게 봤어요."

"그럼, 그 언니는⋯⋯ 그날도 그곳에 계셨던 거예요?"

나는 그때 이모의 팔을 조금 세게 잡았던 것 같기도 하다. 돌이켜보면 이상했다. 나는 이모의 말을 이미 믿고 있었던 거다. 진심이란 그런 것일까. 누군가의 진심이란⋯⋯ 이모는 그런 나를 보고 그저 고개를 끄덕여 보일 뿐이었다.

그리고 이모가 내게 그 말을 했던 날, 그러니까 자영 씨는 갑자기 어디론가 사라졌다. 강오 씨까지 나서서 넓지도 않은 이 동네를 여러 번 뒤져야 했었다. 그런데 뜻밖에 이모는 저녁 늦게 꽃다발을 들고 나타났다. 심지어 도어락의 비밀번호도 틀리지 않고 말이다. 꽃을 들고 있는 이모를 보자 나는 화가 나는 대신 눈물이 조금 날 것 같았는데 그 역시 속으로만 삼켰다. "꽃, 왜요? 무슨, 날이에요?" 내가 묻자 이모는, "그 언니가 고마운 사람에겐 꽃을 줘야 한다고 하더라고요." 이렇게 말했다. 나는 꽃을 쥐고 오래 참았던 이야기 하나를 물었다.

"자영 씨…… 그 언니란 분은 자영 씨처럼 위장 취업한 대학생이 아니었잖아요. 그죠?"

이모는 내가 무슨 말 하려는지 아는 사람이었다. 어쩌면 이걸 물어주길 바랐던 걸지도 몰랐다고, 나는 그제야 그걸 느낄 수 있었다.

"그 언니라는 분은. 자영 씨가 위장 취업한 대학생인 거 알았……어요?"

그 언니라는 사람은 이모가 자신과 비슷한 처

지인 것이 딱해서 없는 돈에 꽃도 사주고 밥도 사주고 그랬을 거였다. 이모가 당장 그만둬도 별 탈이 없는 대학생이라는 걸, 그 언니라는 사람은 알고 있었을까. 나는 이모를 탓할 마음은 없었는데, 그런데도 그게 묻고 싶었다. 대의에 가득찬 남학생과 어린 공장노동자의 사랑. 대학원 다닐 때 이런 텍스트만 보다가 머리가 다 깨질 것 같았었다. 성별만 다른 거 아닌가, 이런 비난을 하고 싶었던 것도 아니다. 학생운동을 하던 사람들은 그 사람들 나름대로의 몫을 했던 것이고 그것이 모두 위선에서 비롯된 행동이 아니라는 것도 나는 잘 알고 있었다. 그러니까 절대 이모를 비난하려던 게 아니었는데…… 그래도, 그걸 꼭 물어야만 할 것 같았다. 이모는 한참이나 그저 나를 바라보기만 했었다. 그리고 겨우 입을 뗐을 때 이모는 그 여느 때보다 다정한 목소리로 그저 이렇게 말했을 뿐이었다.

"김강 씨, 죽은 사람 이야기도 들어줘서 정말 고마워요."

왜였을까. 나는 평생 다른 이들의 이야기만을 들었던 이모의 삶을 이제 기록해야겠다는 생각이 들었다.

그다음 날부터 나는 이모의 말이 사실이든 아니든 상관없다고 여기며 녹음을 시작했다. 언젠가 이모도 그랬었다. 하루는 내가, 구술 증언을 어떻게 다 믿냐고 기억이 착종되었을지도 모른다고 하자 이모는 당연하지, 라는 반응을 보였었다. 그런데 왜 이런 일을? 그때 내 반응에 이모는 이런 이야기를 했었다.

"강아. 나는 인생은 누군가 멋대로 흘리고 간 스카프가 만들어낸 주름 같은 거라고 생각해."

"그게 무슨?"

"접힌 부분이, 멋대로 접힌 부분이 너무 많아서 나조차도 우리조차도 누구도 모르는 것. 삶이란 게 그런 거 같아. 그래도 말할 뿐이고 나는 들을 뿐이고."

그래, 그러면 나도 이모라는 스카프에 접힌 부분들을 조금이나마 펴보고 싶었다. 내가 녹음기를 켜고 자리에 앉으면 이모는 다시 그 이야기를 들려주었다.

"그날요, 이미 아수라장이었어요. 경찰서 갔더니 너무 많이 깔려서 어느 병원으로 누가 갔는지도 모른다고요. 지금처럼 인터넷도 핸드폰도 없던 시절이니까요. 사람들 모두 응급실 여기저기 뛰어다녔을 거예요. 나도 그랬어요."

그렇게 며칠이나 지났을까. 이모는 경기도에 근접한 어느 병원 응급실에서 가까스로 그 언니를 찾았다. 응급실 앞 화이트보드에서 이름을 찾은 건 아니었다. 그저, 1층 샤넬 매장이라고만 쓰여 있었다.

"아는 척, 했어요?"

내 말에 이모는 고개를 저었다. 세수도 하지 못한 채 며칠을 그렇게 헤맸지만 이모는 발길을 돌렸다.

"그럴 수가 없더라고요. 그게……"

선화 씨 곁엔 전 남편이라고 들었던 사람이 와 있었다. 어린아이도 선화 씨의 다리를 붙들고 울고 있었다. 이모는 조금씩 뒷걸음질 쳤다. 다행이야, 그저 이런 말을 반복했을 뿐이었다. 하지만 뭐가? 모를 일이었다. 자신은 며칠을 찾아야만 겨우 알 수 있는 그 언니의 생사를, 그 언니의 전 남편은 가족 기록부라는 것으로 곧장 알게 된 것이 다행이었다는 걸까. 아니면 어차피 대학으로 돌아갈 자신을 대신해 그 언니를 챙겨줄 사람들이 있어서 다행이라는 걸까. 그 다행이라는 것, 실은 그저 그 언니 그러니까 선화 씨가 살아서, 그것만이 전부였을 텐데도 이모는 자꾸만 그런 생각을 했다.

"왜냐하면 저…… 실은 이미 자신이 없었거든 요. 세상과 맞설…… 내가 여자를 사랑한다는 걸 말할 자신도 없었고요."

그러니 이모가 뒷걸음질 친 건 그런 생각을 하는 자신에게서였을 것이다.

"그래도, 언니가 살아 있어서 좋았어요."

그때 자영 씨, 그러니까 이모는 끝까지 선화 씨의 이름을 말하지 않았다. 그 이름을 말하는 것이 선화 씨에게 좋지 않다고 생각했을 것이다. 내가 무엇을 다 알 수 있을까, 그저 나는 그날 이모의 얼굴 위로 흘러내리는 눈물을 보며 이런 생각만을 했다. 자영이도 울 수 있구나, 아니 어쩌면 인간은 죽어서도 살아생전 이야기를 하며 울 수가 있는 건가. 나는 이런 재미도 없는 농담을 속으로 하면서 고개를 돌려야 했다.

+

"이거 돌려드리려고요."

최상현. 나는 아까부터 선화 씨의 아들이라고 자신을 소개했던 사람의 명찰을 빤히 바라보고 있었다.

스물 중반의 군복을 입은 남자. 군대의 휴가를 이렇게 반납하게 해서 미안하다는 내 말에, "요즘 군대는 저녁에 개인 시간도 있어요. 그렇다고 좋은 건 아니고요." 하던 최상현 씨.

"저희가 박두자 님의 귀한 돈을 받는 건 아닌 것 같아요."

하지만 내가 바란 건 보험금 포기와 같은 건 전혀 아니었다. 그저, 나는 그저 뭐랄까⋯⋯

"저, 저는 이모가 그렇게 마음 다하고 싶은 부분이 있었다면⋯⋯당연히 이모 돈이니까 원하는 데 쓰는 게 맞다고 봐요. 그리고 저는 그저⋯⋯"

"그래도요. 아마 저희 엄마도 살아계시면 그렇게 말씀하셨을 거예요."

나는 퍼뜩 최상현 씨를 바라보았다. 그는 이내 고개를 떨구었다. 돌아가셨어요, 저희 엄마도요. 내내 아프셨어요. 어릴 땐 엄마가 몸이 약한 게 싫다고 짜증도 냈었는데⋯⋯ 이렇게 말을 흐리던 그를 보다가 나는 곧 티슈를 가지러 가겠다고 일어섰고 뒤돌아서는 결국 울음을 터트렸다. 등 뒤에서는 최상현 씨의 울음 소리가 조금씩 들려왔다. 그렇게 둘다 한참을 운 다음에야 겨우 진정하며 다시 이야기를 다시 나눌 수 있었다.

"저…… 혹시 선화 님도요. 저희 이모와 지내셨을 때 행복하셨다고 말씀하셨어요?"

맞은편의 최상현 씨는 오래 내 얼굴을 바라봤다. 내가 선화 씨의 죽음에 대해 묻지 않은 것처럼 그도 내게 질문에 대한 어떤 것도 묻지 않았다. 다만 이렇게 말했을 뿐이었다.

"네, 엄마가 그러셨어요. 박두자 씨와 같이 있었을 때, 정말 행복했다고요."

나는 울면서 고개를 끄덕였다. 혹시 이 사람은 우리 이모가 밉지 않았을까. 내 표정을 읽었는지 그가 다시 한번 말했다.

"그리고 저도 사실 박두자 씨 뵙고 싶었어요. 엄마가 그분 이야기하실 때 정말…… 좋아하셨거든요."

나는 서서히 고개를 끄덕였다. 이윽고 나는 가방에서 꼭 전달하고 싶었던 것 하나를 꺼냈다. 내가 녹음한 자영 씨의 기억에 관한 기록이었다. 죽었으니까 김선화 씨 이야기를 실컷 하고 싶다던 이모의 음성이 담긴 녹음 파일을 최상현 씨에게 건넸다.

"제가 이 귀한 걸 받아도 될지……"

그렇게 말하면서도 그는 녹음기를 받아 가방에 넣었다. 나는 가방이 열린 틈에 보이는 책의 제목을 보고 미소 지었다. 이모의 책이었다. 최상현 씨는 내 얼굴을 한번 보더니 머리를 매만지며 이렇게 덧붙였다.

"그냥, 여자친구가 페미니즘에 관심 가지라고 해서 읽고 있었어요. 아직 이해는 못했지만요."

나는 이모의 연구가 세상을 바꾸지도 못하고, 이모를 고통스럽게만 한다고 생각했었다. 하지만 나의 생각과 달리 이모는 어떤 부분에서는 분명 자기 자신인 채로 살고 있었을지도 모르겠다. 어쩌면 연구라는 작업을 통해서, 타인의 목소리를 듣는 것으로부터 시작해서 말이다. 하지만 이 말을 최상현 씨에게 하는 대신 나는 그저 "이모가 참 좋은 연구자죠, 역시 조카보다 독자님이시죠." 이렇게 너스레를 좀 떨었고 아무래도 그편을 이모는 확실히 더 좋아했을 것 같다는 생각이 들었다.

p.s. 에필로그

명선 님이 라이브 방송을 시작했습니다.

지하철 역 출구 앞에 거의 다다랐을 때였다. 진동이 느껴져 가방 깊숙이 있던 핸드폰을 꺼내들었다. 오늘의 결혼식 주인공들이 환하게 웃고 있었다. 자, 이제 우리들이 입장할 차례. 누군가 채팅창에 그런 말을 썼고 나는 화면 속 그들을 보면서 이모와 선화 씨를 떠올렸다. 지하 1층도 아니고, 1층 샤넬도 아닌 사람들. 어쩌면 자영 씨도 아닐 그저 박두자 씨와 선화 씨. 살아서는 말할 수 없던 두자 씨와 선화 씨는 이젠 홀가분할까.

자영 씨, 이제 잘 죽은 거지?

제대로 죽고 싶어서 생전 이야기를 했던 자영 씨. 나는 라이브 방송 채팅창에 결혼을 축하한다는 메시지를 써넣은 후 핸드폰을 가방에 집어넣었다. 이제 나는 지하철을 타고 양재시민공원에 갈 생각이다.

내가 과연 지하철을 탈 수 있을까, 그건 여전히 모를 일이었다.

지금부터는 우리의 입장

여기, 우리가 만나는 곳

이 이야기를 쓰기까지 오랜 시간이 걸렸던 것 같다. 아니, 어쩌면 이 이야기는 내 삶 속에 있지 않았기 때문에 쓸 생각을 하지 못했다는 게 맞을 것이다.

2019년 가을에 학회 토론자로 참여한 적이 있었다. 내가 토론할 원고는 한국의 재난 이야기를 하며 삼풍백화점을 언급하고 있었다. 원고는 아주 정확했고 예리했다. 나는 그날 그러나 이렇게 질문했다. "삼풍백화점이 90년대의 재난이라고 하셨는데, 그러나 삼풍백화점은 명백히 말하자면 서울의 재난입니다. 이 서울의 재난이 한국의 재난으로 확대될 수 있는 지점이 있을까요?" 그날 그 토론에서 좌장을 맡으셨던 선생님께서는 내 이야기를 듣고, 조금 더 논의를 정확하게 하고자 '서울의 재난'을 '강남의 재난'으로 바꾸어 말씀해주셨다. 이 '강남'의 재난이 어떻게 서울의 재난이 되고 한국의 재난이 되는가. 나는 그때 진심으로 그것이 궁금했다. 서울의 재난은 곧 한국의 재난으로 읽히는 때, 대학 전까지 아주 작은 시골 마을에서 나고 자란 나에게 그 재난은 말 그대로 텔레비전 속 재난이었다. 그것도 부자들이 산다는 강남에서 일어난 사고, 딱 그 정도였다.

삼풍백화점 붕괴 때 나는 지방의 아주 작은 마을에 위치한 집 마당에서 여름날의 저녁을 보내고 있었다. 에어컨이라는 것이 있는지도 모르는 시절이었다. 하지만 그해 여름, 그러니까 1995년 여름은 1994년의 기록적인 더위만큼은 아니어도 꽤나 습하고 무더운 해였다. 한 해 전, 성수대교가 무너지고 북한의 핵 위협이 고조되어 서울을 불바다로 만들겠다는 북한 정치인의 말에 모든 집에 라면 박스들이 쟁이기 시작했던 때와는 다른 느낌의 무더움이었다. 아직 7월이 되지도 않았는데 사람들은 그 습도에 조금은 지쳐 있었다.

아직 초등학생이었던 나는 더위에 지쳐서 해만 지면 마당으로 나와 손부채질을 열심히 해댔었다. 그날 아빠와 나는 모기를 쫓기 위해 말린 쑥을 꺼내어 통에 넣고 조그맣게 불을 부쳤다. 모기보다 내가 냄새에 질색해 죽을 것 같은 표정을 지었고 그 모습을 보고 아빠가 박장대소하며 카메라를 들고 나오기도 했었다. 나는 아빠의 그런 장난에 괜히 더 뿔이 나기도 했다. 그러자 아빠가 어디선가 작은 손전등을 들고 와 마당의 불을 끄고 하늘을 비춰 보여주었다. 먼지 기둥을 볼 수 있는 일, 아주 작은 벌레들이 살아 있음을 볼 수 있는 일이기도 했다. 마루 구석에 앉아 책을 읽던 언니는 나와 아빠가 불을 다시 켜줄 때까지 참을성 있게 기다렸다. 언니가 읽었던 책이 무슨 책이었는지는 기억나지 않지만 글자가 많고 그림이 보이지 않는 것으로 보아 그즈음 집에 사두었던 세계문학전집 중 하나였을 것 같다고 생각한다. 언니가 읽는 책에는 늘 그림이 없어서 나는 언니의 책에 손대지 않을 수 있었고 우리 자매는 그렇게 친할 수 있었으니까. 엄마는 마당 한쪽에서 수박을 씻고 있었던 것으로 기억한다. 동생은 그때 아직 두 살밖에 안 되어서 불을 다 피운 내가 껴안고 있었다. 무척 귀여운 아이였다, 사람의 볼이 이렇게나 부드럽고 말랑거릴 수 있다니. 동생이 앉아 있으면 뒤통수 옆으로 살짝 보이는 동그란 볼 때문에 나는 자주 동생을 뒤에서 끌어안았다.

그날도 그런 날이었다. 수많은 토요일 중에 하나. 우리는 마루 끝에 텔레비전을 두고 수박을 먹으면서 드라마를 보고 있었다. 〈사랑이 뭐길래〉라는 김수현 작가의 드라마였는데 김혜자 배우의 연기를 볼 때마다 가족들 사이에서 웃음이 터져나왔다. 그런 날이었다. 지나간 많은 토요일 중에 하나, 다가올 많은 토요일 중에 하나.

갑자기 텔레비전에 뉴스 속보가 떴다. 그때는 뉴스 속보가 지금처럼 하단에 자막으로만 뜨는 게 아니라 본방송이 갑자기 사라지고 뉴스 속보라고 쓰여진 화면이 한 30초쯤 뜬 다음에 본 내용으로 바뀌었기 때문에 어른들은 좀 긴장했던 것 같다. 혹시 북한이 무슨 일을 저지른 거야? 다들 이런 표정이었는데 이 표정은 다음 화면에서 어리둥절함으로 바뀐다. 그러

다가 이내,

"저 큰 백화점이 그냥, 갑자기 무너진 거라고? 언제 지어졌는데 건물이 무너져? 그럼 사람들은? 안에 사람들은?"

그랬다. 백화점이 무너졌다. 어른들 말대로 북한의 폭격도 아니고 지은 지 백 년이 된 건물도 아닌, 부자 동네라고 소문난 서울의 강남에 세워진 크고 좋은 건물이 갑자기 무너진 거였다. 그리고 그 안에는 사람들이 있었다. 어리둥절함은 이내 '어떻게 해…… 사람들 어떻게 된 거야, 구조는 어떻게 하는 거야?' 하는 안타까움과 탄식으로 번졌다. 시간이 지나 더 이상 어린 나이가 아닌 지금의 내가 추측하기로는, 성수대교가 붕괴되고 고작 일 년 정도가 지난 시점이기에 더욱 간절한 마음들이 있었던 건지도 모르겠다. 사람들이 돌아오길 간절히 바랐지만 돌아오지 못했고 그것을 모두 지켜봐야 했던 무력감들을 채 떨치기도 전에 일어난 믿기 어려운 사건이었으니까.

그때 나는 10살이었다. 이제 막 두 살이 된 동생의 발가락을 만져보고 있었다. 작은 손가락으로 내 손을 꼭 붙드는 감각을 느끼고 있었다. 어떤 살아 있음의 감각.

그렇게 텔레비전 속 세상은 나에게 먼일처럼 느껴질 뿐이었다. 다시 드라마가 시작되면 좋겠다, 내가 작은 목소리로 투덜거리는 것을 들었는지 엄마가 가볍게 내 등을 때렸던 기억도 난다. 아빠가, '아직 어려서 그렇지.' 하고 다독였던 것도 기억난다. 이미 그때 우리집 어른들은 개인적인 사정으로 누군가의 죽음에 가벼울 수 없던 사람들이었기에 그 자리를 떠나지 못하고 오래 지켜보고 있던 것도 기억에 남아 있다.

그리고 또 한편으로는, 학교에 가고 학원에 갔더니 어른들이 하는 다른 이야기들도 들려왔다. '어차피 백화점에 다 돈 쓰러 간 건데 뭐.' 라든가 '그 여자들, 그 시간에 백화점 몰려가서 뭐했겠어.' 이런 이야기들. 그때는 누군가를 비하하는 말에도 '김여사'를 갖다 붙이곤 했다. '아줌마'는 그냥 욕이었다. '이모'는 식당 아주머니를 부를 때 쓰는 말로 여겨지기도 했다. 텔레비전에서는 할 일 없는 여자들이 남편 돈에 기대 백화점에서 돈을 쓰다 바람 나는 이야기를 공공연히 보여주곤 했다. 사람들은 순식간에 삼풍백화점의 희생자들을 그렇게 상상하고 있었던 것이다.

그리고 그렇게, 그 많은 이야기들 속에서 삼풍백화점은 내 기억에서 사라졌다. 학회에서 토론을 한 이후 나는 내내 내가 한 말의 무게에 대해 생각했다. 서울의 재난, 그리고 강남의 재난. 그리고 본격적으로 자료들을 뒤적였다.

나는 삼풍백화점에 실제로 가본 적이 없다. 물론 앞으로도 난 그곳에 가지 못하고 가보지 못할 것이다. 내가 가기 전에 그곳은 사라졌고 그 자리엔 다른 건물이 들어서야 해서 위령비마저 다른 곳으로 옮겨졌다.
　　나는 이제 강남을 떠올리면 그 백화점 이름이 가장 먼저 생각난다.

소설·에세이 앤솔러지
사물들(랜드마크)

1판 1쇄 펴냄 2022년 3월 7일

지은이 박서련, 한유주, 한정현
편집 송승언, 서윤후
디자인 정유경, 한유미

펴낸곳 아침달
펴낸이 손문경
출판등록 제2013-000289호
주소 03980 서울시 마포구 성미산로 153-16, 2층
전화 02-3446-5238
팩스 02-3446-5208
전자우편 achimdalbooks@gmail.com

ISBN 979-11-89467-38-8 03810

이 도서의 판권은 지은이와 출판사 아침달에 있습니다.
양측의 서면 동의 없이 책 내용의 전부 혹은 일부의 재사용을 금합니다.

* 책값은 뒤표지에 있습니다.

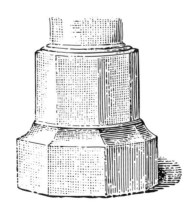